Il fait trop clair pour dormir

Jean-François Bernard

JOEY CORNU
ÉDITEUR

Catalogage avant publication de Bibliothèque et Archives Canada

Bernard, Jean-François, 1982-
  Il fait trop clair pour dormir
  2ᵉ éd.
(Jeune plume)
Pour les jeunes de 13 ans et plus.
Comprend du texte en anglais.
ISBN: 2-922976-08-4
1. Titre. II. Collection: Jeune plume (Rosemère, Québec).
PS8553.E73814 2005   jC843'.6   C2005-942214-9
PS9553.E73814 2005

Direction de l'édition: Claudie Bugnon
Révision linguistique: Bernard Brun
Illustration: Isabelle Langevin
Couverture et mise en pages: Christine Mather
Correction d'épreuves: Isabelle Harrison
Expertise-conseil: Roger Régnier

Joey Cornu Éditeur inc.
277, boulevard Labelle, C-200 • Rosemère (Québec) J7A 2H3
Tél.: (450) 621-2265 • Téléc.: (450) 965-6689
joeycornu@qc.aira.com • www.joeycornuediteur.com

© 2006, Joey Cornu Éditeur inc.
ISBN 2-922976-08-4 (2ᵉ édition)
ISBN 2-922976-01-7 (1ʳᵉ édition)

Dépôt légal, 2006:
Bibliothèque nationale du Québec
Bibliothèque nationale du Canada

REMERCIEMENTS
DE L'AUTEUR

Merci à Joëlle Dulude et
à François Girard pour
leur amour et leur appui.

Merci à André Rousseau pour
ses conseils ainsi qu'à Robert Fournier
pour sa complicité et
ses précieux enseignements.

Et, finalement,
toute ma reconnaissance
à monsieur Noël Audet
qui m'a fait découvrir ce qu'était
véritablement l'écriture.

Joey Cornu remercie les partenaires qui contribuent à la diffusion de l'œuvre d'un jeune auteur :

Les Entreprises Forlam

Forlam est un entrepreneur général en génie civil et en environnement, spécialisé dans la construction de systèmes de captage et de valorisation des biogaz. L'entreprise souhaite favoriser l'éclosion de jeunes auteurs qui se construisent par l'écriture et s'épanouissent en sortant du silence.

Stratem Consultants inc.

Cette firme effectue, entre autres, des études de marché, de faisabilité et d'impacts économiques. En observant le milieu, Stratem est en mesure de proposer des stratégies commerciales aux entreprises, aux associations professionnelles et aux organismes gouvernementaux qu'elle conseille.

Joey Cornu tient également à remercier monsieur le Juge Michael Sheehan d'avoir pris le temps de lire le manuscrit de Jean-François Bernard et d'écrire un mot aux jeunes lecteurs afin de les sensibiliser au pouvoir de l'amitié (voir p. 253).

UN MOT DE SOUTIEN DE NOËL AUDET

«Il fait trop clair pour dormir» en effet!

D'abord, une brève remarque sur ce titre: Je ne sais pas s'il est commercial, mais je trouve qu'il est beau parce qu'il contient plusieurs significations, depuis le sens premier de la levée du jour, quand l'adolescent hésite à quitter la tiédeur de son lit, jusqu'au sens symbolique de l'espoir qui refuse d'envisager la mort comme solution, une façon de désigner discrètement le propos du roman. C'est déjà une réussite que de coiffer une œuvre d'un titre qui lui aille si bien!

Après avoir longtemps enseigné la création littéraire à l'UQAM, parce que je crois à l'avenir de la littérature et à la relève, le hasard a fait que je rencontre Jean-François Bernard, étudiant dans une de nos polyvalentes. Il tenait un manuscrit sous le bras et avait les yeux remplis d'espoir. Je n'ai pu résister à la tentation de lire ce qu'il avait tant à dire, ce jeune homme dont l'attitude contrastait passablement avec l'image qu'on se fait généralement des désabusés du secondaire.

Malgré quelques trucs du métier à apprendre, et une longue route à parcourir dans la connaissance du monde, Jean-François Bernard a su tout de suite retenir mon attention. L'écriture de *Il fait trop clair pour dormir* était vivante et vraie, bien ancrée dans la culture de nos polyvalentes et de nos rues de banlieue. En lisant ses dialogues, j'avais l'impression de me trouver réellement dans la cour de récréation, ou de tendre une oreille indiscrète en passant à côté de ces jeunes qui attendent l'autobus. Dans une scène dialoguée du genre, le narrateur fait cette observation : «Quatre ans de secondaire m'avaient appris à économiser mes mots, à tenir un langage minimum, pas trop forçant à prononcer.» Justesse du constat, associée à une évaluation humoristique de cette langue minimale, le tout en une seule petite phrase, n'est-ce pas cela savoir écrire? En effet, évoquer, décrire la réalité d'une manière telle que le lecteur a l'impression de la découvrir avec bonheur constitue le premier talent de l'écrivain.

En plus de savoir observer, Jean-François Bernard possède également un bon sens de la narration, ce qui lui permet de mener son histoire à terme sans nous ennuyer une seconde, tout en nous parlant de ce qui importe : la splendeur de l'acte de vivre. Bref, il me semble que ce jeune auteur appartient déjà à la maigre communauté des bons écrivains, fût-il en devenir.

Quant à l'éditrice qui cherche à débusquer les jeunes talents au moment même où ils éclosent, son pari n'est pas facile, mais il est passionnant. Elle est de celles qui ne craignent pas le risque, ni le travail d'éducation culturelle. Je souhaite longue vie à sa maison d'édition.

Noël Audet

À Camil, en espérant
qu'un jour tu comprendras.

À Anne, de tout mon cœur.

Et surtout, à Marc-André,
parce que même les mots
ne suffisent pas pour
t'exprimer ma gratitude.

Il fait trop clair pour dormir

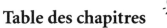

Table des chapitres

Here comes the sun
Here comes the sun and I say
It's alright

Little darling, it's been a long, cold, lonely winter.
Little darling it feels like years since it's been here.
Here comes the sun, here comes the sun and I say
It's alright .

Little darling, the smiles returning to their faces.
Little darling it seems like years since it's been here.
Here comes the sun, here comes the sun and I say
It's alright.

Sun, sun, sun, here it comes
Sun, sun, sun, here it comes
Sun, sun, sun, here it comes
Sun, sun, sun, here it comes
Sun, sun, sun, here it comes.

Little darling, I feel that ice is slowly melting.
Little darling it seems like years since it's been clear.
Here comes the sun, here comes the sun and I say
It's alright.

Here comes the sun
Here comes the sun
It's alright
It's alright.

George Harrison
1969

LIVRE 1
L'ÉVEIL EN SURSAUT

Chapitre 1 : Comme d'habitude

Dormir. Comme j'aurais voulu pouvoir continuer à dormir en cet impossible matin du 3 septembre alors que mon réveil sonnait depuis environ une demi-heure et me martelait les tempes tel un bourreau sadique. J'en étais à ma douzième année d'écolier et je n'avais pas encore pu m'habituer à cette fameuse rentrée scolaire qui m'emboutissait avec la tendresse d'un camion à remorque.

J'avais passé l'été à flâner jusqu'aux petites heures du matin et à dormir jusqu'aux grosses heures de l'après-midi, et bien que cette année allait s'avérer particulière, puisque c'était ma dernière au secondaire, je ne l'avais pas attendue avec hâte. J'en étais quitte pour deux cents jours de travaux forcés, un effort minimal, du bavardage et de l'amusement occasionnel, une espèce de mélange à avaler de la même manière que l'on prend un mauvais sirop contre la toux : en se bouchant le nez, en fermant les yeux et en attendant que le goût s'efface.

Enfin, ma consolation était de me dire que j'allais retrouver mes amis. Le diplôme convoité me permettrait aussi d'accéder à tout ce dont j'avais rêvé depuis quatre ans : le travail, la vie en appartement, la liberté. Aucun doute là-dessus : je faisais partie de ceux qui considéraient les dernières années d'étude au secondaire comme une absolue perte de temps. J'étais peut-être un brin rebelle ou délinquant, mais je pensais sincèrement qu'il suffisait de savoir lire, écrire et compter pour que toutes les portes s'ouvrent.

Dans un an, tu vas faire de l'argent, emménager en appart avec Marc, pis tu vas être ben! C'était le petit discours de motivation que je me servais tandis que je somnolais maintenant sous l'eau chaude et douillette d'une autre interminable douche. J'étais le champion du marathon hygiénique, le détenteur du titre de la douche matinale la plus longue, un spécimen animal pour qui le temps s'allongeait sous l'eau chaude.

Après ce lessivage, digne d'une décontamination nucléaire, s'imposait un déjeuner très nutritif composé le plus souvent d'un gâteau May West, d'une bonne tasse de café aussi noir que la journée à venir (passée dans un état semi-comateux) et d'une ou deux cigarettes. Le festin terminé, je suivais mon instinct d'étudiant et ramassais seulement les livres nécessaires, puis entamais ma marche de santé vers l'arrêt d'autobus qui, pour des motifs économiques, se trouvait à une distance de la maison équivalente au périmètre d'un petit pays d'Afrique. Bref, je n'avais ni le cœur ni la tête à rire. Il était neuf heures moins cinq, j'étais réveillé depuis quarante minutes, dont vingt-cinq s'étaient écoulées sous la douche, et j'étais en route vers un autre concerto pour devoirs, recherches et maths. Ah! vivement les mathématiques...

Et c'est dans cette tempête de verglas cérébral que je me dirigeais nonchalamment vers l'intersection des rues Leduc et Rousseau, sachant très bien que je goûtais à mes derniers instants de liberté pour longtemps. Fidèle à mon habitude, mais surtout à mon attitude, je gardais la tête baissée pour éviter de voir les petits enfants qui, encore trop jeunes pour fréquenter l'école, s'amusaient avec insouciance sur leur terrain, ou encore les adultes en congé qui tondaient leur pelouse ou regardaient le temps passer sur leur galerie. Un appel me sortit brusquement de ma contemplation du pavé.

— *Hey buddy! What's up?*

Cette voix, c'était celle de Marc-André, mon ami depuis douze ans. Bien que ni lui ni moi n'étions anglophones, nous avions toujours eu cette manie de parler anglais entre nous. Peut-être parce que nos notes en français étaient moyennes, ou que nous étions trop paresseux pour apprendre l'espagnol.

Je l'aperçus, fièrement assis sur la bordure de béton coulée là par la ville pour identifier l'arrêt d'autobus. Il n'avait pas changé, même si ses longs cheveux bruns lui descendaient maintenant sous le menton, des mèches vigoureuses tentant de fuir sa tête dans toutes les directions, et il arborait toujours ce petit sourire à la fois moqueur, mais ô combien sympathique.

—*Hey Mark!*

Nous échangeâmes une brève poignée de main, signe de salutation commun aux élèves du secondaire (une façon de signifier son amitié sans avoir à l'exprimer) et me postai à ses côtés. Il me tendit une cigarette que j'allumai aussitôt.

—Pis, qu'est-ce que t'as fait de tes vacances? lui demandai-je.

Quatre ans de secondaire m'avaient appris à économiser mes mots, à tenir un langage minimum, pas trop forçant à prononcer.

—Pas grand chose, me répondit-il en admirant les ronds de fumée qu'il venait de faire. Et toi?

—Pas grand chose non plus. J'ai vu Cynthia Archambault, par exemple.

—Où ça?

—J'étais à La Bulle avec Gab, pis juste comme on allait partir, elle est venue nous voir. Elle travaille là les fins de semaine.

La Bulle était une salle de billard où nous nous retrouvions souvent dans nos temps libres. C'était un lieu peu éclairé et bruyant, qui nous permettait de fuir le quotidien.

—*Was she hot?* s'enquit Marc-André.

—*Oh man! You have no idea!*

—J'aurais dû venir avec vous autres. Mais, en parlant de Gab, tu sais qu'il s'est fait prendre par la police?

—Comment ça?

—Il est allé au *party* chez Annabelle, pis ils ont manqué de bière. Ça fait que Gab est allé en chercher avec Alex et Yoann. Le gars au dépanneur a pas voulu les laisser sortir. Ils ont pas eu le choix, y'a fallu qu'ils essayent d'en piquer. Le gars a appelé la police, pis bang! Une couple d'heures au poste! Gab a eu la chienne.

—Qu'est-ce qu'y ont eu? demandai-je à la fois curieux et inquiet.

—Une dizaine d'heures de travaux communautaires à buriner des bicycles.

— *Tough break.*

— *You got that right.*

—Les autres, comment y vont?

Marc-André connaissait pratiquement tout sur la majorité des élèves de notre école. S'il fallait confirmer une rumeur ou vérifier un potin, on n'avait qu'à le consulter.

—Ben, Annabelle a un nouveau *chum*, me dit-il en faisant craquer ses jointures.

— *That's another one.* Quand est-ce qu'elle a lâché l'autre?

—Quel autre? répliqua-t-il.

— Comment ça quel autre? Celui qu'elle avait à la fin de l'année.

—Celui-là? Il a pris le bord à la fin juillet! Nonon, elle a vu personne pendant un bout de temps, pis là elle s'est éprise d'un gars qui boxe, dit-il en pinçant les lèvres pour se donner une allure hautaine.

— C'est quoi son nom?

— Elle nous l'a même pas dit. À lui voir la face, je l'appellerais Butch.

— J'y donne deux semaines. Toi?

— Cinq jours, sept au max.

— *Poor bastard*. As-tu des nouvelles de Carl et de Phil?

— Philippe? Non. Mais Carl est allé à Val-d'Or.

— C'est ça qu'il m'avait dit.

— Bon, j'sais qu'il a battu son record de joints fumés dans une fin de semaine.

— Y'en a fait combien? Trente?

— Trente-trois. Gilbert y'en revenait pas. C'tait pas d'la *scrap* la *dope* qu'il lui avait donnée. Trente-trois, c'est pas rien.

— Il a fait ça dans le cabanon à Gilbert?

— Ouais. C'était juste avant de partir pour Val-d'Or.

— *Cool*.

Nous restâmes silencieux pendant un bref instant, à méditer. Un élève de secondaire deux venait de se placer près de nous. Il évita de croiser notre regard et monta le volume de son baladeur. Je finis ma cigarette, l'écrasai contre ma semelle et la jetai dans le fossé.

— On a-tu encore Desbiens en sciences cette

année? demandai-je en faisant craquer mes jointures à mon tour.

— Ouais, une autre année avec. Sauf que, commença-t-il avec un léger fou rire, ce qui est *cool*, c'est
qu'on a Bauduin en maths.

— Le bon vieux Bauds! Ça va être l'*fun*, ça. C'est
qui qu'on a en éduc?

— C'est un nouveau. J'sais pas comment y
s'appelle. T'as eu combien en maths l'année passée?

— Quatre-vingt-cinq pour cent! Toi?

— *Man*, soixante et un.

— *Wow!* Qu'est-ce que Bauds t'a dit?

— Y'a dit: «Marc, t'es un ben bon *jack*, mais des
fois tu travailles pas assez!»

— Ça veut dire quoi, ça? demandai-je en riant.

Mon ami grimaça une réponse sans paroles et
nous éclatâmes d'un rire à nous plier en deux. Je vis
l'élève de secondaire deux esquisser un sourire.

— Elle est trop bonne, dis-je en me tenant le
ventre.

— C'est rien ça, me dit Marc-André entre deux
éclats, j'ai fini avec quarante-cinq pour cent en
informatique!

Nouveaux éclats de rire parsemés de sacres et
d'accès de toux. L'autobus fit son apparition au loin,
son gros bourdonnement presque couvert par nos
rires. Lorsqu'il s'immobilisa devant nous, nous
n'avions pas encore contrôlé notre hilarité et c'est
en poursuivant notre joviale cacophonie que nous

prîmes place à bord.

La hiérarchie était respectée entre élèves et l'autobus était bondé à l'exception des deux bancs du fond qui étaient réservés aux finissants, année après année. Nous nous écrasâmes littéralement sur ces sièges en observant les autres élèves.

— R'garde la fille sur le bord d'la fenêtre, me dit Marc-André en remontant ses lunettes.

Je regardai l'élève en question. Elle était jolie, certes, mais très jeune, et je fis une moue d'indifférence.

— Donne-lui deux ans encore, dis-je en fermant les yeux, sentant de nouveau le sommeil me gagner.

— Ouin, sauf qu'elle a les seins par exemple.

Je rouvris brusquement les yeux.

—Ah oui? Bof, y'en a des mieux. Pis de toute façon, on a toute l'année pour les évaluer.

— Hé hé, c'est vrai, ça. Les filles deviennent pas mal belles au Collège. Une autre année d'observation. La dernière pour un bout. Après ça, en appart!

—*Yes sir!* T'as-tu commencé à ramasser ton *cash*?

—Oh oui! Il me reste plus qu'à me trouver une *job*.

—Ce sera pas difficile. Faudrait bien commencer à chercher un appart.

— Plus tard. On va en trouver un, c'est sûr.

L'autobus arriva à destination, sous les huées des élèves qui, bien que déçus de recommencer l'école, se ruèrent dehors pour retrouver leurs amis. Ce fut à notre tour à Marc-André et à moi de scruter l'horizon : beaucoup de visages connus, des élèves, des professeurs et des surveillants, et quelques nouveaux venus que l'on détectait rapidement à leur démarche timide.

— Moi, j'vais aller voir Matt, me dit Marc-André en me tapant l'épaule.

— T'as-tu vu le reste d'la gagne, dis-je ?

— Ils doivent être à notre table.

— *O.K. man, see you later.*

— *Later, buddy.*

Je partis en quête de ma gagne. Sur le côté de l'école, face au mont St-Hilaire, s'étendait un vaste talus de gazon parsemé de grands érables. Quelques tables de pique-nique y étaient installées et l'une d'elles nous « appartenait ». Nous en avions pris possession deux ans auparavant, la gravant de messages comme *La gagne des 7, Plus qu'un an à purger,* ou encore *Table interdite aux épais, idiots, profs et surveillants.* À mi-chemin de mon domaine, j'aperçus Gabriel qui valsait lentement dans les escaliers de l'école tout en discutant avec une jeune inconnue.

— Hey Gab !

Il se retourna et je remarquai ses yeux rougis, trahissant la forte dose de drogue qu'il avait certainement prise un peu plus tôt. Comme il n'y avait pas de cours aujourd'hui, Gabriel avait dû en profiter pour faire la fête, grand consommateur qu'il était et quelle que fût l'occasion. Ça ne me dérangeait pas vraiment, mais, pour ma part, jamais je n'aurais eu l'idée de prendre de la drogue à l'école.

Il m'examina un instant, au ralenti, puis me gratifia d'un sourire niais, avant de dire avec lenteur :

— Hey, François! Salut *man*! T'es revenu cette année?

— Ben oui, pourquoi tu dis ça?

— Je sais pas, *man*. T'sais, y'avait comme des gens qui disaient que t'allais partir. T'sais, c'est Alex qui m'a dit ça.

Il sembla perdre pied et s'agrippa à la balustrade.

— Attention, Gab, tu vas te péter la gueule. Qu'est-ce que t'as pris encore?

— Deux buvards. C'est Gilbert qui me les a vendus.

— Ils ont l'air à bien marcher en tout cas.

— Mets-en *man*. T'sais comme en masse, là.

— Ouais, ça a l'air à ça. Le reste d'la gagne est-tu là?

— Sont à not' table, j'pense.

Il se retourna pour continuer à converser avec sa jeune compagne et enleva sa casquette des Red Sox, découvrant son immense monticule de boucles blondes qui déferlèrent de chaque côté de sa tête, comme une fleur qui ouvre sa corolle.

Je me remis en marche en direction de notre

table. Annabelle discutait avec Marie-Ève et son *chum* numéro quatre-vingt-huit tandis que Philippe, assis dans le gazon, semblait préoccupé par la semelle de son soulier gauche. Aucune trace de mon ami Carl. Je lâchai un sifflement pour signaler ma présence.

— Hey, François, salut! me dit Annabelle en m'embrassant sur chaque joue, faut que je te présente Joe.

J'en déduisis que Joe était le boxeur dont Marc-André m'avait parlé. Je le saluai d'un hochement de tête avant de m'asseoir devant Marie-Ève.

— Salut, Marie.

— Salut. Comment ça va?

— Très bien, toi?

— Pas pire, dit-elle en soupirant, visiblement déçue que les vacances soient terminées.

Nous échangeâmes un sourire. Marie-Ève avait toujours été une bonne amie. Six ans de complicité nous avaient rapprochés, même si elle restait distante envers notre groupe d'amis, moi y compris. Elle semblait habitée d'une gêne mystérieuse, une sorte d'empêchement à lâcher son fou.

— T'as vu le nouveau *chum* d'Annabelle? me dit-elle avec un sourire ironique, sachant qu'Annabelle et Joe n'écoutaient pas.

— Un vrai boxeur, répliquai-je sur le même ton moqueur.

La raison pour laquelle Annabelle et Marie-Ève

étaient amies me dépassait. Elles avaient des personnalités opposées. Annabelle traînait une réputation depuis sa première année au secondaire, lorsqu'elle avait commencé à fréquenter des élèves de secondaire quatre. Certes, elle était fort jolie et très développée pour son âge, mais c'était son allure qui faisait sa séduction et sa popularité. Ses longs cheveux noirs qu'elle n'attachait pratiquement jamais, ses souliers à talons hauts qui lui faisaient gagner presque dix centimètres, ses traits allongés qu'elle accentuait de maquillage, tout cela la vieillissait de plusieurs années, suffisamment d'années pour qu'elle attire l'attention des gars dans la vingtaine. Ce qui devait être le cas de Joe pour qui l'expression *détournement de mineur* ne signifiait probablement rien.

Je détaillai Joe rapidement et compris pourquoi Annabelle avait jeté son dévolu sur lui. Grand, bien bâti, frondeur, on pouvait lire dans ses yeux les mots *motel* et *ce soir*, comme chez la plupart des flammes d'Annabelle.

Marie-Ève était tout le contraire de sa grande amie. De petite taille, elle n'était pratiquement jamais maquillée et gardait ses cheveux châtains, pas très longs, souvent pudiquement attachés. N'empêche qu'elle possédait une beauté impossible à cacher, peu importe le stratagème employé. Sa réserve et sa timidité n'étaient qu'une façade à une gentillesse sans bornes. Elle écoutait, conseillait, souriait même, mais ne riait presque jamais.

J'avais beaucoup plus d'atomes crochus avec Marie-Ève qu'avec Annabelle, et c'était d'ailleurs moi qui l'avais présentée au groupe trois ans auparavant. Je trouvais Annabelle attirante, bien entendu, mais nous n'avions jamais été proches comme Marie-Ève et moi l'étions. Au terme de ces quelques réflexions, je pensai que j'étais chanceux d'avoir deux bonnes amies comme elles.

— J'pense pas qu'il dure longtemps, dit Philippe en se relevant, faisant allusion à Joe.

— Moi non plus, lui répondis-je en l'invitant à s'asseoir avec nous après lui avoir serré la main.

Il s'assit à côté de Marie-Ève et posa son soulier sur la table.

— Qu'est-ce qu'elle a ta fichue semelle, Phil? demanda Marc-André qui s'était empressé de nous rejoindre après sa tournée rapide.

— Ça pique en d'dans depuis tout à l'heure. J'pense que y'a une roche ou un esprit de cossin pogné dedans.

— Il est pas temps que tu les changes? dit Marie-Ève d'un ton moqueur.

— Pas assez de *cash* pour, siffla-t-il entre ses dents.

Exaspéré, il frappa son soulier d'un solide coup de poing, ébranlant la table et nous tous, puis abandonna ses manœuvres dans un grand soupir théâtral aussi bruyant que faux, ce qui provoqua un éclat de rire général. Fier de lui, Philippe se fendit d'un large sourire sans arrêter de mâcher sa gomme avec ardeur, son expression amusée lui méritant une autre vague de rires.

Jamais, de ma courte vie, je n'avais vu un adolescent avec une carrure aussi imposante que la sienne. Il devait bien mesurer tout près d'un mètre quatre-vingt-dix et peser autour de cent kilos. Il avait fondé sa renommée de brute en battant un élève de secondaire quatre jusqu'au sang alors qu'il n'était qu'en secondaire deux. Sa suspension de l'école pendant un mois avait alimenté les rumeurs voulant qu'il ne craigne personne.

Ses cheveux pratiquement rasés et le cerne dru et foncé de sa barbe autour de son visage anguleux étaient loin d'adoucir son expression. Sympathique, il l'était, sauf s'il décidait de terroriser quelques jeunes frondeurs, histoire d'entretenir sa réputation. Malgré sa grande amitié pour Carl, qui nous l'avait présenté, il semblait quelquefois prendre ses distances du groupe, non par timidité, mais par choix.

—De toute façon, déclara-t-il en se grattant la tête, qui se préoccupe de mes souliers?

—Ceux qui peuvent les sentir, se moqua Marc-André en se pinçant le nez.

—Hey toi, ta yeule, le pouilleux!

—Le pouilleux? répliqua Marc, interloqué.

—Ben j'sais pas moi, quec'chose comme ça, marmonna Philippe.

Nouvel éclat de rire général. Philippe, encore secoué de son rire gras et naïf, leva les bras au ciel en signe de victoire. Le silence tomba, vide et encombrant. Nous fûmes sauvés par la symphonie bien connue du carillon de l'école que certains auraient préféré confondre avec la sonnerie de l'exercice d'incendie.

—Bon! C'est quoi là? demanda Philippe en s'affalant sur la table.

—Faut rentrer, lui répondit Marc-André d'un air faussement hautain, pour écouter le mot de bienvenue de notre vénéré directeur.

—Lui, y m'tape sur les nerfs!

—Je sais, Phil, je sais, dis-je en me levant, mais faut bien l'écouter une fois dans l'année.

—Pas obligé.

Sans conviction, nous nous dirigeâmes vers le gymnase de notre grande bâtisse blanche. Quatre ans plus tard, je n'aimais pas plus qu'au premier jour le gymnase de l'école. Mal ventilé, il était surchauffé en été et glacial en hiver. Sans compter que lorsqu'on y rassemblait cinq cents élèves, l'atmosphère y devenait lourde et irrespirable. Monsieur Truffaut nous y convoquait chaque début d'année pour livrer son discours de bienvenue.

Notre petit groupe prit place à l'arrière de la grande salle, à proximité de la sortie, là où deux bancs de bois pouvaient nous servir de dossier. Notre directeur attendit que la foule se taise, puis, exaspéré, toussa à quelques reprises en signe d'impatience. Résigné, tout le monde se tut et décida, pour faire changement, de prêter attention aux propos du directeur qui ajusta ses lunettes cerclées d'or et commença sa déclaration.

—Bonjour chers étudiantes et étudiants. Je vous souhaite la bienvenue pour une autre année au Collège Clairevue. J'espère que vous êtes reposés et en forme pour donner le meilleur...

—Combien tu gages que c'est une perruque? chuchota Annabelle en se retenant pour ne pas éclater de rire.

—Ben non, il s'est greffé du poil qu'il avait dans l'dos, chuchota Marc-André.

—T'es ben dégueux, lui dit Philippe, amusé.

—Grâce à la campagne de financement... poursuivit le directeur.

—T'sais, genre comme un singe!

La remarque de Gabriel, qui avait rabattu le capuchon de son kangourou noir jusque par-dessus son nez, provoqua l'hilarité dans les grappes d'élèves assis près de nous.

—... N'oubliez pas que...

—S'prit que t'es con, Gab!

—... et que c'est à cause de cette décision que...

—Non, mais t'sais genre ben du poil, comme un singe.

—Arrête maudit, j'suis pus capable, dis-je en m'essuyant les yeux.

Je levai la tête. Monsieur Truffaut semblait avoir entendu nos éclats de rire, mais ne s'en souciait guère, continuant fièrement de prononcer son allocution.

—Faut que j'aille pisser, dit Marc-André en se dirigeant vers la sortie du fond, les épaules encore secouées par un fou rire énergique.

Au moment où il disparaissait à grand bruit derrière une des deux portes battantes, l'autre s'ouvrit brusquement, attirant notre attention sur l'homme qui la franchissait.

Taille moyenne, longue tignasse blonde attachée en queue de cheval, chandail gris pâle et jeans noirs. Un air sympathique, me dis-je en regardant le nouveau venu. Je remarquai son regard bleu derrière ses petites lunettes métalliques et un sourire énigmatique, mêlé d'étonnement et d'empathie. L'auditoire entier se retourna pour voir qui les sauvait ainsi du reste d'un discours devenu trop long. Le directeur, qui s'était arrêté au beau milieu d'une phrase, effaça la lueur de colère que l'interruption avait fait surgir dans ses yeux et nous présenta, sur un ton cordial, l'inconnu qui s'était entre-temps adossé au mur, à quelques pas de nous.

—J'aimerais vous présenter le nouveau membre de notre équipe d'enseignants. Il agira cette année à titre de professeur d'éducation physique et de conseiller-psychologue. Veuillez accueillir monsieur Jocelyn Monette.

Il y eut quelques applaudissements et quelques onomatopées au milieu d'une grande indifférence. Jocelyn Monette, quant à lui, se contenta de nous saluer prestement de la main.

—Y'a l'air smatte, dit Marie-Ève.

—C'est un prof pareil, répliqua Philippe.

—En tout cas, y'a un beau derrière, ajouta Annabelle en penchant la tête pour améliorer son point de vue.

—Qu'est-ce qui y'est arrivé à ton boxeur? demandai-je, aussi surpris qu'amusé.

—Il est parti tantôt. Fallait qu'il aille travailler. Sauf que j'pense que c'est fini. On s'entend pas assez sur le plan cérébral.

Il y eut quelques faux sanglots de la part de Philippe et de Gabriel.

—*Come on!* C'est pas si pire que ça! dit-elle en envoyant une claque sur l'épaule de Gabriel, c'est pas comme si j'en passais un chaque semaine.

—Ben non, c'est toutes les deux semaines! répliqua Philippe.

Nous fûmes pris d'un autre fou rire et je vis que nos commentaires amusaient Jocelyn Monette. Dos au mur, le regard fixé sur le directeur, il se mordait la lèvre inférieure pour se retenir de rire. Marc-André finit par réapparaître et vint s'asseoir à mes côtés.

—J'ai-tu manqué de quoi?

—Pas vraiment, y continue son *speech*.

—*Who's the new guy?* demanda-t-il après avoir jeté un œil furtif à monsieur Monette.

—C'est le nouveau prof d'éduc pis le psy.

—*Wow, arms and brains! Impressive.*

—Y'a l'air correct.

—Quessé vous dites?

Gabriel reprenait tranquillement ses esprits. Il n'avait jamais parlé ni pratiqué l'anglais de sa vie, et le fait qu'il ait survécu à quatre années de secondaire sans jamais suivre de cours d'appoint durant l'été me surprenait.

—Laisse faire, dit Marc-André en bondissant sur ses pieds. Cou'donc, y finit-tu bientôt, lui? J'ai faim, moi.

La remarque impudente avait porté loin et, mine de rien, monsieur Truffaut regarda sa montre.

—Bon, il est temps de vous laisser dîner. Bonne première journée et bonne année scolaire à tous.

Avant même qu'il ait prononcé ses trois derniers mots, cinq cents élèves s'étaient levés d'un seul coup pour se ruer vers les portes. Philippe nous fraya un passage assez rapidement à coups de «Tassez-vous, crisse!», « Du ch'min, stie! » et de « *Move!*».

Nous nous rendîmes à notre table, chacun heureux d'y déballer le lunch qu'il avait confectionné. Nous prenions toujours les mêmes places: moi d'un côté en compagnie de Marc-André et de Marie-Ève, tandis qu'Annabelle, Philippe et Gabriel nous faisaient face. Bien que nous soyons tous amis,

Marc-André, Marie-Ève et moi étions très proches; il en était de même pour Annabelle, Philippe et Gabriel.

—Y était temps qu'y finisse, lui. J'avais faim, moi, nous dit Marc-André pour une seconde fois en prenant sauvagement une énorme bouchée de son sandwich.

—On a la paix pour une couple de semaines, dis-je en avalant une gorgée de jus de raisin.

Je me retournai pour jeter ma boîte de jus dans le décor et contemplai quelques élèves qui se lançaient un ballon de football sur le terrain de gravier. Jamais le football ne m'avait attiré à l'école. C'était lent à démarrer, et quand enfin il y avait de l'action, on arrêtait tout parce que quelqu'un saignait. Franchement!

—Hey, si vous avez fini de bouffer, sacrez votre camp!

Je tournai la tête et vit le visage haïssable de Yannick Cardinal. Il était en secondaire quatre et la guerre entre notre niveau et le sien avait toujours été vive, de mémoire de Collège Clairevue. Plusieurs affrontements verbaux, quelques mêlées générales et deux ou trois combats corps à corps avaient ponctué notre relation.

Malgré le fait que nous ne détestions pas vraiment ces élèves plus jeunes que nous, notre haine collective pour Yannick était vive. C'était un adolescent baveux et provocateur qui adorait semer la pagaille. Même s'il avait souvent récolté des corrections mémorables, il revenait à la charge, comme un moustique. Il n'intimidait pourtant personne et se battait comme une mauviette, mais il nous insultait sans cesse. Comment pouvait-il être à la fois aussi effronté et vulnérable?

Aujourd'hui encore il nous défiait, les bras croisés, ses cheveux bruns graissés et tirés vers l'arrière comme un ancien caïd, et il était accompagné de deux amis aussi arrogants que lui.

—Ta yeule, Yann! C'est pas de tes affaires si on est assis ici. Y'a plein de tables, lui dis-je.

— J'm'en sacre, j'veux celle-là.

— Maudit cave, dégage! cria Philippe

—Énerve-toi pas, tapette!

—Comment tu m'as appelé, morveux?

Philippe se leva d'un bond et Marc-André lui agrippa le bras pour le forcer à se rasseoir.

—Laisse faire, *man*. C'te ti-cul-là en vaut pas la peine.

—C'est ça! cria Yannick en reprenant courage, fais-toi protéger par l'autre. T'es rien qu'un gros bol rasé.

Philippe bondit sur ses pieds et fonça sur Yannick qui, visiblement apeuré, resta planté à côté de notre table, un peu moins solide, mais porté par l'espoir qu'un surveillant interviendrait. Personne de notre groupe ni un surveillant ne fit attention à la scène. Yannick devint blême et retint un cri lorsque

Philippe l'empoigna férocement par le collet.

—Dégage, le *twit*! lui hurla-t-il en le repoussant de toutes ses forces.

Sous la force de la poussée, Yannick perdit pied et atterrit sur le gazon, imprimant probablement quelques taches vertes sur le derrière de son pantalon. Ses deux acolytes prirent immédiatement la fuite. Yannick se releva, haletant davantage de peur que de mal, et tourna les talons en criant à notre intention :

—Bande de laids! Stie d'épais! Maudits caves!

Philippe le regarda décamper en riant.

—P'tit con. Y'a pas changé, dit-il en se rassoyant.

—Y'est de plus en plus baveux, ajouta Marie-Ève.

—Sauf qu'il reçoit des volées de plus en plus grosses, répliqua Annabelle.

—T'sais comme genre rien qu'une tapette.

—T'as raison, dis-je à Gabriel, rien qu'une tapette.

Philippe continua de manger sa salade de macaronis comme si de rien n'était. Soudain, il se leva et nous quitta en disant :

—Je reviens. Y'a des deuxièmes qui jouent au foot. M'a leur foutre une de ces chiennes!

Le restant du dîner se déroula dans le calme et la bonne humeur. Annabelle nous expliqua pourquoi Joe n'était pas LE gars, Marie-Ève nous confia son exaspération à travailler dans un restaurant de *fast-food*, Marc-André prit la peine de nous convaincre

'il allait réussir ses maths et Gabriel multiplia des
arques nécessitant un décodeur.

Tandis qu'Annabelle et Marie-Ève discutaient
beaux gars et que Gabriel, en compagnie de Philippe
revenu s'asseoir avec un ballon de football « emprun-
té » sous le bras, se moquaient des élèves de secondaire deux, Marc-André me frappa du coude en
chuchotant :

— Valérie Anderson! *Up the stairs!*

J'abandonnai tout et visai prestement les escaliers.

— *Oh man! Is she hot or what?*

— *You have no idea!*

Valérie Anderson était l'une des filles les plus
parfaites sur le plan physique qu'il m'ait été donné
de rencontrer. Notre cadette d'une année, elle possédait tous les atouts pour plaire. Ses longs cheveux
blonds donnaient à son teint bronzé un éclat
resplendissant, les vêtements légers qu'elle portait,
été comme hiver, mettaient en évidence sa poitrine
généreuse, et sa démarche sensuelle faisait tourner
les têtes. À part ça, elle savait doser le maquillage et
le parfum, de sorte qu'elle avait tout pour conquérir
l'esprit de n'importe quel adolescent en *overdose*
d'hormones, y compris le mien.

Marc-André et moi n'avions jamais eu l'occasion
de lui parler, et le mystère de sa personne décuplait
notre fantasme. Elle était en train de discuter avec
une de ses amies dans les escaliers qui surplom-
baient la cour de l'école.

—*Oh man! Would you look at that!* soupira Marc-André, rêveur.

—*I know, unbelievable.*

Nous fûmes projetés hors de notre bulle par Gabriel qui monta le volume de son baladeur, si fort que je pus distinctement entendre *Wu-Tang*.

—Baisse-le! Tu m'as fait faire un saut, dit Annabelle en plaçant une main sur son cœur.

—Hein? Quoi?

—Baisse ton... Ah, laisse faire...

Elle se leva et alla rejoindre Marie-Ève qui s'était assise dans l'herbe et discutait avec son amie Émilie Morin. Nous décidâmes de l'imiter, laissant Gabriel à son concert *rap*. Le gazon frais et sec me fit l'impression d'un coussin agréable. Je tournai la tête vers les escaliers. Valérie Anderson avait disparu. Dommage. Enfin, il me restait une année entière pour me rincer l'œil. Quand Émilie nous eut quittés, Marie-Ève, qui contemplait le ciel depuis quelques instants, lança:

—Hey, cou'donc, y'a-tu quelqu'un qui a vu Carl?

J'en avais presque oublié mon grand ami Carl, le leader spirituel en quelque sorte de notre terrible gagne, le lien entre les êtres disparates que nous étions.

Tous se retournèrent vers Gabriel, car il prenait le même autobus que Carl. Il finit par lâcher ses écouteurs, voyant que nous articulions quelque chose à son intention.

—Non, c'est genre y'était pas là hier non plus quand j'ai été chez lui. Comme parti.

—Y'est p't'être malade, se risqua Annabelle.

—J'suis sûr qu'y va revenir bientôt, la rassurai-je.

Un silence vide s'installa, que brisa Philippe par une toute petite phrase.

—En tout cas, y'a ben changé cet été.

Chapitre 2 : Pourquoi ne dort-il pas?

—Qu'est-ce tu veux dire par là, y'a changé? demandai-je.

—Ben, y'a changé, répéta simplement Philippe. Entre la fin de l'année scolaire pis son retour de Val-d'Or, y'a changé. Juste avant qu'y parte, on est allés chez Gilbert pour fumer un joint. Là, y'était ben correct, pis à son retour de Val-d'Or, y'avait changé.

—Oui, mais changé comment? le relançai-je avec insistance.

—Ben, quand y'est revenu, j'y ai demandé s'il voulait qu'on retourne chez Gilbert pour fumer, pis y m'a répondu qu'il avait pus besoin de prendre de *dope* pour comprendre. Ou quand on est allés chez Hugo pour collecter le *cash* qu'y nous devait, Carl il l'a même pas brassé. Il s'est contenté de lui dire que lui aussi y'avait fait des erreurs, pis que c'était pas grave s'il avait pas l'argent. Là, quand j'ai voulu taper sur Hugo, Carl m'a retenu en me disant que c'était pas à Hugo que j'allais faire mal mais à moé. Entécas, y'est devenu ben *weird*.

—Ça m'a l'air à ça, dit Marc-André en nettoyant ses lunettes dans un repli de son tee-shirt.

—Moi aussi j'ai remarqué qu'il avait changé, renchérit Annabelle. Quand j'ai fait mon *party*, y'a rien pris, même pas une bière. Tout ce qu'il a fait, c'est se promener un peu partout pour parler à tout le monde. Quand y leur parlait, il les prenait par les épaules, pis y devenait hyper-sérieux. Y'est même allé voir Michaud.

—Michaud! m'écriai-je. Mais y voulait pas le tuer depuis le *party* chez Raphaël?

—Ben, c'est ça que je pensais. Sauf que Michaud est venu au *party* avec Blouin pis Godette, pis quand Carl y l'a aperçu, y'a sauté dessus... pour y parler. Il l'a pogné par les épaules, pis y l'a serré fort. Le monde l'a entendu dire «J'm'excuse Patrick, j'm'excuse.»

—Patrick?

—C'est le prénom à Michaud. En tout cas. N'empêche que ça a mis tout le monde ben mal à l'aise, spécialement Michaud qui a eu la chienne de sa vie en voyant Carl foncer sur lui. Pis avant de partir, il a voulu parler à mon *chum*.

—Joe? demandai-je.

—Non, celui avant Joe.

—Ah! Pete.

Depuis que je la connaissais, il m'était impossible de tenir l'inventaire des fréquentations d'Annabelle. Bien que ça ne paraissait jamais sérieux, ça semblait toujours nécessaire.

—Non, Pete c'était après J.-C., me corrigea-t-elle en fronçant les sourcils. Non, au *party*, j'étais avec Mike. Un moment donné, Carl a amené Mike dans ma chambre au sous-sol. Y'a ben dû y parler pendant deux heures. Quand y sont ressortis, chus pas sûre, mais je pense que Mike y pleurait. Y'est venu me voir, pis y m'a dit qu'il était désolé pour tout. Sauf qu'il était ben gelé, ça fait que je sais pas ce qu'il voulait vraiment dire. Pis là, Carl y m'a prise dans ses bras, pis y m'a dit que si je voulais continuer à dormir, y veillerait sur moi.

—Y'est ben *weird*.

—Je suis restée bête quand il m'a sorti ça.

—Moi, y'est venu me voir quelques fois au McDo vers la fin de l'été, ajouta Marie-Ève, après une hésitation. Il intervenait quand y'avait des clients soûls ou quand mon *boss* me criait après, mais la plupart du temps, il s'assoyait dans l'fond du restaurant, pis y regardait le monde.

—Tu dis que Carl les r'gardait?

J'allais de surprise en surprise. J'avais même répété le nom de mon ami comme pour être sûr que l'on parlait bien de la même personne.

—Oui. Il regardait le monde parler, pis y'avait l'air ému. Je sais, c'est bizarre sans bon sens, ajouta-t-elle en voyant mon étonnement.

—Moi, c'est genre, t'sais chus allé le voir samedi pour y demander «T'sais, tu veux-tu faire du *skate*?». Pis c'est genre y m'a répondu que non, parce que depuis qu'y se levait à l'heure, y profitait de ses journées. Entécas, j'étais genre comme mal. Carl avait genre jamais parlé comme ça avant.

La remarque de Gabriel jeta la consternation parmi nous et nous restâmes muets. Je n'avais pas revu Carl depuis la fin de notre secondaire quatre, depuis le soir où nous avions fumé derrière chez moi. Ces témoignages sortaient tout droit d'un feuilleton mettant en vedette un Carl que je ne reconnaissais pas. Mes camarades étaient tout aussi abasourdis que moi par cette brochette de révélations. Même Gabriel, d'habitude imperturbable, jetait des regards inquiets vers Philippe et Annabelle.

—Toi, François, y t'a-tu dit de quoi? me demanda Philippe.

—Non, je l'ai pas vu depuis la fin de l'année scolaire.

—Ça fait bizarre de le voir de même, dit Marie-Ève en enfilant sa veste de jean.

Tandis que je la regardais fermer les boutons de sa veste un à un, je remarquai que la brise s'était levée. Le temps se rafraîchissait. La cour d'école était devenue silencieuse, malgré l'activité qui y régnait. J'avais l'impression que mes amis et moi parlions à l'écart du monde, comme dans une réunion au sommet.

Annabelle rongeait inconsciemment l'ongle de son index droit. Marc-André, ses mains jointes posées sur la table, faisait tourner nerveusement ses pouces. Marie-Ève fixait l'horizon d'un œil égaré, et j'étais moi-même dans un état inconfortable de doute et de réflexion, une activité que je pratiquais le moins souvent possible. Marc-André secoua son malaise en changeant de sujet.

—On a jusqu'à quelle heure à attendre de même?

— Deux heures, répondit Marie-Ève. Après ça, tu vas en classe chercher ton cadenas pis des papiers, pis on retourne à la maison.

— Pis là, quelle heure il est?

Il était treize heures quarante. Nous replongeâmes dans le silence. Un autre moment inconfortable, inhabituel. J'éprouvai un profond malaise à rester là, assis auprès de mes amis, à ne rien dire, à croiser leur regard, à essayer de deviner leurs pensées, un jeu pour lequel je n'étais pas très doué.

Les vingt minutes s'écoulèrent avec une prodigieuse lenteur et, lorsque le carillon retentit, nous nous levâmes avec empressement pour nous diriger vers l'école. Cadeau providentiel, nous nous trouvions, pour la quatrième année consécutive, dans la même classe.

Trois étages nous séparaient de notre classe, trois étages grouillant de fourmis étudiantes et remplis de bruits. Nous prîmes, comme de coutume, les bureaux du fond. Marc-André et moi avions choisi deux places près des fenêtres avec, pour voisins respectifs, Philippe et Marie-Ève, tandis que Gabriel et Annabelle s'étaient installés aux deux bureaux sur ma gauche.

Devions-nous garder une place pour Carl? La question m'effleura l'esprit, mais le malaise que j'avais ressenti au dîner m'empêchait d'y répondre clairement. Silencieux, je fixais le plancher. Monsieur Hubert, notre titulaire et professeur de religion, entra en trombe, traînant avec lui une tonne de papiers, d'agendas et une boîte contenant un petit monticule de cadenas. Il se planta devant la classe, rigide comme un piquet, et se mit à nous expliquer, sans quitter des yeux ses feuilles, l'utilité de chaque document qu'il nous remettait par l'entremise des élèves de la première rangée. Puis il énuméra la liste d'élèves avec le débit monotone d'un ouvre-boîte électrique, tenant du bout de ses doigts osseux le cadenas destiné à chaque élève qu'il nommait.

Lorsque le marathon de l'ennui prit fin, la ruée vers la porte s'amorça avec ferveur. Je sortis le dernier, encore préoccupé par toutes sortes de réflexions (l'attitude de Carl que mes amis m'avaient décrite, mon inquiétude grandissante à son sujet). Je dévalai les escaliers et croisai Yannick Cardinal, que la leçon du dîner n'avait pas rendu moins baveux. Il murmura une espèce de « tapette » à mon intention et comme c'était la confrontation qu'il cherchait, je l'empoignai par l'épaule et l'envoyai violemment valser contre le mur, amusant ainsi les élèves au passage. Sans même le regarder ni prêter attention à ses insultes insipides, je me dirigeai vers la cour d'école où je retrouvai Marc-André et Marie-Ève en train de discuter, adossés à la façade est du bâtiment.

—Salut, dis-je moins naturellement que je ne l'aurais voulu, encore absorbé par mes pensées. Les autres sont pas là?

—Phil est déjà parti prendre son bus, répondit

Marie-Ève, Annabelle est allée voir Christine, pis je sais pas où est Gabriel.

— Correct. Travailles-tu à soir?

— Ouais. C'est ma dernière semaine à travailler plusieurs soirs.

— Tu finis à quelle heure?

— Onze heures. Après ça, je fais juste les vendredis soir, pis les samedis soir une semaine sur deux.

— C'est bien. M'a aller te voir à soir, correct?

— Ben correct. Arrive après neuf heures. Le *rush* est tout le temps fini à c't'heure-là.

— C'est ben beau. On ira marcher dans la vieille partie d'la ville.

— Oh oui, j'aimerais ça. Tiens, v'la mon bus. Bye.

— Salut, Marie.

— Bye, Marc.

— *See you sweetheart.*

Elle nous sourit, puis fila vers son autobus.

— *So, it's just you and me, cowboy!* me dit Marc-André en tentant d'imiter l'accent texan des *ranchers*.

Il réussit à m'arracher un rire qui me fit du bien. Les doutes, le malaise et les questions qui nous avaient hantés tout à l'heure s'estompaient, laissant la routine rassurante reprendre ses droits : un terrain connu, des visages familiers.

Des éclats de voix attirèrent mon attention. J'aperçus Jocelyn Monette qui discutait avec des élèves de secondaire trois. Il devait faire le drôle parce que ceux-ci riaient de bon cœur. Bien qu'il fût dans l'autre camp, ce type me paraissait sympathique. Quelque chose d'indéfinissable dans son expression me donnait le goût de le connaître un peu plus; et c'était étrange, car l'idée de fraterniser avec un enseignant ne m'avait pas encore effleuré l'esprit. Je haussai les épaules comme au bénéfice de quelqu'un d'autre et me dis intérieurement que j'avais bien le temps de me forger une opinion un tantinet plus réaliste à son sujet et de déchanter.

—Grouille, François! me lança Marc-André, le bus est là.

Marc était parti au pas de course. Je m'étirai pour sortir de ma torpeur, j'agrippai mon sac d'école lourd de livres qui avaient été inutiles aujourd'hui, je le rabattis sur mon dos et suivis Marc-André à la hâte.

—À quoi tu pensais? me demanda-t-il lorsque je le rejoignis.

—Oh, j'étais dans la lune. J'm'endors en sacrifice.

—Moi aussi, dit-il en bâillant à s'en déboîter la mâchoire. La première fois qu'on se lève de bonne heure depuis un bout, c'est toujours *tough*. Pourtant, à bien y penser, j'ai jamais réussi à me lever à l'heure de toute ma vie.

—Moi non plus, ajoutai-je en riant. Toujours une demi-heure de plus.

— Une demi-heure? T'es rien qu'une recrue!

À quelle heure tu te lèves le matin?

—Supposé ou pour vrai? Chus supposé me lever à huit heures, dis-je, sauf que je me lève autour de huit heures et demie.

—Peuh! Y'a rien là.

—À quelle heure tu te lèves, toé?

—Neuf heures moins dix, me dit-il fièrement.

—Hein? Mais t'es à l'arrêt à neuf heures!

—Ben oui. Dix minutes, c'est ben en masse pour se laver pis déjeuner.

En pénétrant dans l'autobus, je secouai la tête en signe d'incrédulité:

—Tout simplement imbattable!

Un rire triomphal sortit de sa gorge pendant qu'il prenait des poses plastiques, comme s'il attendait le déclic d'un appareil photo, tout en prenant soin d'observer l'élève dont il m'avait parlé durant le trajet du matin. Lorsque nous fûmes installés à l'arrière, je lui demandai:

—Et puis, qu'est-ce que t'en dis de cette jeune demoiselle?

—*Very good,* dit-il après avoir sifflé, *pretty damn good.*

Le restant du voyage se fit dans un quasi-silence. Aussitôt sortis du véhicule, nous nous allumâmes une cigarette.

—Plus j'y pense, plus j'ai hâte de savoir ce qui est arrivé à Carl, lâcha-t-il sans prévenir.

Je n'étais donc pas le seul à avoir ruminé des

pensées. Je finis ma cigarette et l'envoyai rouler sur la chaussée.

— Toutes ces histoires déballées à midi, c'est vraiment pas lui.

— Entécas, on verra si y'est là demain, dit-il en tournant les talons. Salut, là.

— *See ya brother.*

— *Same time tomorrow,* lança-t-il en levant la main sans se retourner.

Je le regardai marcher le long de la rue Leduc et me mis à penser à tous les bons moments que nous avions partagés. Un nombre incalculable de petits événements avaient ponctué nos douze années d'amitié. Je ne pouvais pas imaginer Marc-André autrement qu'égal à lui-même. Alors, qu'était-il arrivé à Carl ? Lorsqu'il eut disparu de mon champ de vision, je pris le chemin du retour, le cœur un brin nostalgique.

Chapitre 3 : Il a changé

Le soir venu, respectant ma promesse à Marie-Ève et content de fuir l'ennui, je me rendis au McDonald. Même si l'horloge affichait vingt et une heures trente-cinq, une file de clients aussi longue qu'hétéroclite me séparait de mon amie.

Je pris place à une minuscule table de plastique brune, avec vue sur la rue. Le restaurant était situé près d'un quartier résidentiel et la circulation y était rarement dense. D'ici, on avait vraiment vue sur la rue. Dehors, un calme plat régnait; les vacances étant finies, bien des gens étaient redevenus raisonnables.

J'enlevai ma veste de jean et m'allumai une cigarette. Sans jamais avoir éprouvé un réel plaisir à fumer, je me retrouvais pourtant souvent avec ce passe-temps cancérogène aux lèvres. À force de m'en faire offrir dans les *partys*, j'avais accroché et j'étais trop paresseux pour essayer de m'en défaire.

La rue Rondeau était plongée dans le noir, et j'essayai de percer les secrets de son obscurité au travers de la vitre. Bizarre que les lampadaires soient encore éteints, me dis-je. C'est pas très rassurant pour les gens âgés. J'ai pas hâte d'être...

— François?

Je sursautai. Marie-Ève avait pris place à mes côtés sans même que je m'en aperçoive et grignotait une frite avec la rapidité d'un lapin.

45

— Tu m'as fait sursauter, dis-je, en lui volant une poignée de frites.

— Hey! protesta-t-elle en feignant de me gifler, t'avais rien qu'à t'en acheter une.

— Avec quel argent?

— *Come on,* t'en as plein.

— Pas tant que ça.

— C'pas grave, chus là pour ça, déclara-t-elle en me faisant un clin d'œil.

— Quoi, me nourrir?

— Ouais, répondit-elle en souriant, on va dire. On va-tu marcher, me demanda-t-elle en se levant, mon *boss* me donne congé vu que j'ai de l'école demain.

— *Cool.* Où on va? demandai-je.

— Sur le bord de l'eau. On arrêtera au Dunkin' prendre un café.

— Un café, à c't'heure-ci? Pourquoi pas une *shot* de caféine en intraveineuse tant qu'à y être.

— Niaiseux. N'importe quand est un bon moment pour prendre un café.

— Me semble.

J'écrasai nonchalamment ma cigarette et lui emboîtai le pas en enfilant ma veste. Dès qu'elle fut dehors, elle leva la tête.

— Le ciel est beau à soir, dit-elle.

— Y'a l'air comme d'habitude, répondis-je en la rattrapant.

— Ben non, il est pas comme d'habitude. Il est

jamais comme d'habitude. Y'a toujours quelque chose de différent. Chaque fois.

—Cou'donc, y'avait-tu quelque chose dans tes frites?

— *Twit*. C'est vrai, r'garde comme il faut, me dit-elle en posant sa tête sur mon épaule.

J'étais content que Marie-Ève se sente en confiance avec moi. Depuis l'instant où nous nous étions rencontrés, notre complicité allait en s'étoffant, comme si nous nous comprenions sans parler.

Je poussai un soupir de résignation et regardai l'objet de sa contemplation. Les lampadaires étaient toujours aveugles et seuls quelques lambeaux de nuages zébraient le ciel. La lune jetait sur eux un éclairage brillant, tout comme sur les reliefs de la rue encore humide d'une ondée survenue plus tôt en soirée. Je ne voyais pas vraiment ce qu'il y avait de beau dans ce décor, mais pour clore la question, je déclarai forfait.

—C'est vrai que c'est pas si pire.

—Bon, tu vois.

—T'avais raison.

—Comme d'habitude, chuchota-t-elle assez fort pour que je l'entende.

—Franchement, Marie!

Nous marchions rapidement et nos pas résonnaient en cadence contre les murs des immeubles. J'avais toujours adoré marcher dans la vieille partie de la ville en raison de son cachet particulier. Dans le silence, nous avions l'impression d'être seuls au monde, à l'abri de tous les problèmes qui auraient pu nous assaillir ailleurs.

Pas d'embouteillage, pas de chauffeur du dimanche. Nous nous arrêtâmes tout près du Dunkin' Donuts pour regarder la rivière. Marie-Ève la trouvait si belle... Et pourtant, qu'y avait-il de si merveilleux dans la nature? Elle n'était pour moi qu'un décor, un simple cadre. Certes, ce qui y vivait avait de l'importance, mais la nature seule? Pourquoi aurait-il fallu que je m'extasie devant des choses qui, selon moi, n'amélioraient pas ma vie?

Nous décidâmes de nous reposer un instant sur un banc de bois installé sur un talus qui faisait office de belvédère devant le valeureux cours d'eau de notre ville. En silence, nous fixions les reflets du ciel sur l'eau.

—François? Qu'est-ce que tu penses qui est arrivé à Carl?

—Je... je sais pas. Je l'ai pas vu de l'été. D'après Phil, il s'est passé quelque chose à Val-d'Or. Toi, quand y'est venu te voir au McDo, il a rien dit?

—Non. Des fois, il me disait combien y'était chanceux de nous avoir tous comme amis, mais à part ça, rien. C'est bizarre, hein?

—Ouais, j'vais dire comme toi, ben bizarre.

À la faveur du vent, je perçus le murmure d'une conversation venant de l'arrière d'un bosquet de conifères.

— ...c'est sûr que l'été, j'ai moins froid, disait une première voix, mais j'te dis qu'en hiver, on gèle en sacrament.

— ...au moins, t'as pas besoin de pelleter, ricana le deuxième.

Les deux compères se mirent à rire de bon cœur. Je me rendis compte que Marie-Ève avait parlé entre-temps, mais j'avais déjà l'esprit ailleurs, sidéré d'avoir reconnu l'une des voix. C'était lui. Il n'y avait que lui pour rire de la sorte, d'un rire qui avait beaucoup ri, un rire enjoué et contagieux. C'était Carl. Je me levai brusquement et fis dos à la rivière.

— François? lança Marie-Ève avec surprise.

Je ne l'écoutais plus, portant mon attention sur les deux voix qui semblaient provenir du trottoir bordant le Dunkin' Donuts. Je franchis le terre-plein du belvédère et écartai les quelques branches du bosquet qui me bloquaient la vue... et je le vis. C'était bien lui. Sa silhouette élancée, ses cheveux noirs coupés en brosse, cette manie qu'il avait de se balancer sur un pied puis sur l'autre lorsqu'il parlait. Marie-Ève me rejoignit.

— Qu'est ce qu'il y a tout à coup? T'es parti tellement...

Elle s'arrêta net. Elle venait d'apercevoir Carl et affichait le même air de surprise que moi. Notre ami était en pleine conversation avec un itinérant.

— On devrait peut-être... aller lui parler? me demanda-t-elle timidement.

—J'pense que oui.

—C'est vrai qu'il a l'air changé.

Ragaillardi par une profonde inspiration, je me mis à marcher dans sa direction, contournai le bosquet et sentis mon rythme cardiaque s'accélérer, sans que j'en comprenne la raison. Pourquoi étais-je nerveux à l'idée de parler à l'un de mes meilleurs amis? Je m'arrêtai pour permettre à Marie-Ève de me rattraper.

—Y'a l'air heureux pourtant, dit-elle.

—Oui, mais avoue que c'est pas ordinaire.

Nous fîmes encore quelques pas et je me risquai à l'interpeller. Ma voix trahissait mon malaise.

—Carl?

Il tourna la tête et nous reconnut. Un large sourire anima son visage.

—Hé, François, Marie-Ève. Salut! Je suis très content de vous voir.

—Ben nous aussi, dis-je en lui tendant la main.

À ma grande surprise, il me prit dans ses bras et me serra contre lui. Il fit de même avec Marie-Ève, et la gratifia d'un baiser sur chaque joue. Après avoir reculé d'un pas, il soupira.

—Maudit que vous allez bien ensemble. C'est fou!

Embarrassés jusque dans les moindres recoins nerveux, nous éclatâmes d'un rire discordant. L'itinérant se redressa au-dessus d'une poubelle qu'il venait d'examiner et posa une main amicale sur l'épaule de Carl.

— Faut que j'y aille, Carl, salut.

— Salut, André. Prends ça *cool*.

— Toi aussi, *man*. J'ai ben aimé ça parler avec toi.

— Hey, merci. C'est pareil pour moi.

Ils échangèrent une poignée de main, et André reprit sa tournée, traînant avec lui un vieux sac de jute rapiécé. Carl le suivit du regard avec bienveillance, puis nous invita à prendre un café au Dunkin' Donuts.

— Vous venez? J'ai des questions à vous poser.

— Des questions?

— Oh oui, des questions importantes, très importantes.

Il avait prononcé cette phrase comme pour lui-même. Il pénétra résolument dans le casse-croûte, nous laissant sur le trottoir, Marie-Ève et moi, complètement abasourdis.

— Y faudrait le suivre, me dit-elle en ouvrant la porte vitrée pour me laisser passer.

— Ouais, faudrait ben.

Carl avait choisi une banquette et nous avait déjà commandé deux cafés et deux bols de soupe. Il nous invita à nous asseoir et nous fixa pendant un bon moment, les coudes sur la table, la tête appuyée dans le creux de ses paumes. Marie-Ève demeura silencieuse, gardant un sourire pincé qui lui faisait fuir le sang des lèvres. Pour rompre le silence, j'ouvris le bal.

—Pourquoi t'étais pas là aujourd'hui?

—J'avais besoin d'être seul. Fallait que je règle un dilemme. Je savais pas encore si je revenais ou pas.

—Pis là?

—J'ai pas encore décidé. J'ai compris tellement de choses, tant de choses...

—Tout le monde dit que t'as ben changé.

—Y'ont raison. Je me suis levé à l'heure.

—Quoi?

—Oublie ça. Plus tard. On s'en reparlera plus tard.

—Qu'est-ce qui s'est passé à Val-d'Or?

Marie-Ève n'avait pu retenir sa question. Elle se rongeait nerveusement les ongles et regardait Carl dans les yeux. Il les ferma quelques secondes, comme s'il se délectait d'une mélodie, puis nous prit chacun une main.

—C'est pas important. Il fallait que ça arrive, mais pour vous, c'est pas important.

—Mais quessé qu'y t'arrive? demanda Marie-Ève, visiblement inquiète d'entendre son ami parler un tel charabia.

—Rien et en même temps tout, c'est la force des choses, c'est ce qui arrive à pratiquement tout le monde, à différents moments...

Il ne finit pas sa réponse, car cafés et soupes arrivèrent à notre intention. Carl avait seulement demandé un verre d'eau pour lui.

Sa réponse nous avait sidérés. Mais de quoi parlait-il? Qui était cet interlocuteur étrange et qu'avait-il fait de notre ami Carl? Une créature de l'espace avait-elle investi son corps? Carl s'était-il converti à une secte? J'étais perplexe, égaré. Jamais je n'avais vu mon ami prendre des proportions mystérieuses. Il paraissait calme, posé et affectueux. Je jetai un regard furtif à Marie-Ève. Elle était tout aussi troublée que moi. Carl, qui nous observait silencieusement depuis un bon moment, donna une légère claque sur la table.

— Bon, mes questions. Êtes-vous prêts?

— Prêts à quoi?

— Mais à vous connaître plus à fond.

— Carl, de quoi tu veux parler?

— Écoute, François, c'est important que je vous pose certaines questions. Ça pourrait influencer ma décision de retourner ou non à l'école. Bon, Marie-Ève qu'est-ce que t'en dis?

— O.K., pose-les tes questions.

— *Good.* François?

Je soupirai en jouant avec la cuillère dans ma soupe, n'osant pas imaginer les questions qu'il allait nous poser. Mais au nom de l'amitié, je roulai des yeux consentants.

— Excellent mes amis, merci. Êtes-vous heureux?

— Hein? m'écriai-je sous l'effet de la surprise.

— Êtes-vous heureux? répéta Carl avec patience.

— Ben, j'imagine que oui, balbutiai-je. J'pense

que... ben... oui, répondis-je d'une voix plutôt mal assurée.

—Heu... oui, ça doit, ajouta Marie-Ève.

—Vous sentez pas que quelque chose vous manque?

—Comme quoi?

—Ça, c'est à vous de le trouver.

—Ben... non, y'a rien qui manque, me risquai-je de nouveau.

Carl nous sourit. Ses yeux luisaient comme s'il s'apprêtait à pleurer. Il demeura rêveur quelques instants, puis se leva.

—On verra demain si y'a quelque chose qui manque. Allez, salut.

—Tu vas venir demain? lui demandai-je.

—Oui. Mon dilemme est résolu. J'ai des choses à vous dire.

—Comme quoi?

—Chut, chut, demain. Bonsoir.

Il nous quitta et sortit par la porte du fond après avoir réglé la note. Aucune parole ne s'échappait plus de ma gorge. Cette rencontre m'avait pétrifié. Lui qui n'avait jamais parlé ouvertement d'une quelconque émotion, hormis la frustration et la colère, il nous avait interrogés sans scrupule, brisant l'une des règles d'or de la vie au secondaire et à laquelle nous obéissions tous : parler de ses sentiments, c'était exposer un aspect vulnérable de soi, chose que personne, surtout pas les garçons, ne tenait à faire. La popularité survivait en fonction de ce code.

Ni Carl, ni les autres, ni moi avions dépassé la frontière des matières scolaires, des films, de la musique, des artistes, du *look* des filles, de la performance des chars, des ordis ou des *gadgets*. Le reste était ressenti sans jamais être discuté. On s'aimait bien. À quoi cela aurait-il servi d'aborder le sujet du bonheur ou de nos relations?

Je regardai Marie-Ève qui rongeait toujours ses ongles, le regard perdu dans sa tasse de café qu'elle n'avait, comme moi, pas touchée. Elle aussi paraissait troublée. Soudain, une pensée l'anima.

— Bon, ben, j'vais rentrer, parce qu'y commence à être tard.

— Bonne idée, répondis-je, soulagé de ne pas être obligé de reprendre le sujet de notre conversation. Surtout que chus venu en *bike*, faque... ouais.

— Bon ben, salut, François.

– Bye, Marie. T'as pas besoin que je te raccompagne?

Elle fit non de la tête et sortit par la même porte que Carl avait franchie un moment auparavant. Je repensais à ce qui venait de se produire. Le malaise qui s'était réinstallé entre Marie-Ève et moi découlait du fait que nous ne pouvions expliquer notre gêne à l'égard de Carl.

Le souvenir de ma bicyclette abandonnée au McDonald me sortit de mes réflexions. Abattu par cette longue et étrange soirée, je sacrai un bon coup puis enfilai ma veste et sortis du restaurant. Dehors, tout était morne, d'un calme mortuaire digne d'un soir lugubre de novembre.

Je crachai par terre et murmurai d'une voix brave, pour me convaincre de mon équilibre, qu'il n'y avait rien qui manquait. Si quelque chose avait manqué, je m'en serais bien aperçu, non?

Chapitre 4 : L'ego de ciment, l'esprit de cristal

Au matin, je me sentais beaucoup mieux. Les doutes et les inquiétudes de la veille s'étaient détachés de moi sous le jet purificateur de la douche.

Je redevenais celui que j'étais deux jours plus tôt; même déjeuner nutritif, même démarche nonchalante, mêmes blagues avec Marc-André, même coup d'œil à la fille dans l'autobus...

Bref, lorsque j'arrivai à l'école, je personnifiais le parfait élève du secondaire, invulnérable, prêt à bloquer toute émotion, prêt à rigoler de n'importe quelle situation. Je me dirigeai immédiatement vers notre table, en compagnie de Marc-André, mais il n'y avait aucune trace de nos amis dans les parages.

— Sont où? demanda-t-il avec surprise.

— J'sais pas. Y'a pas grand monde dehors à matin.

— Oh, non! Y doit y avoir une *fight*, dit-il avec un soupçon d'amertume à l'idée d'avoir manqué quelque chose.

Une bagarre à l'école n'était pas un événement extraordinaire en soi. La plupart du temps, les adversaires avaient peur de se frapper, se contentant de s'injurier et de se donner quelques bourrades. Mais il arrivait, une fois par année au mieux, qu'une vraie bataille éclate. Qualifiée alors de *fight*, elle attirait la majorité du peuple étudiant, car la violence de l'affrontement était telle que même les surveillants préféraient attendre que l'un des combattants soit vaincu pour intervenir.

Ces *fights* avaient généralement lieu près des casiers, pour des raisons d'espace. Arrivés par la porte arrière, nous dûmes nous frayer un chemin vers les vestiaires à travers une foule dense. Je reconnus au passage Angie, une élève de secondaire trois que je connaissais bien, et l'interpellai :

—C'est qui qu'y se *fight*? lui demandai-je.

—Phil avec un gars de quatre.

—C'est-tu Yann? dis-je encore, plein d'espoir, m'imaginant déjà cette petite peste en train de recevoir une correction bien méritée.

— Non, tu sais ben que y'est trop pissou pour ça. C't'un gars qui s'appelle Brisson, j'pense. Entécas, y'en mange une estie!

Je la remerciai d'un sourire, puis je finis par rejoindre Marc-André qui avait réussi à se faufiler jusqu'aux premières loges.

Le fameux Brisson avait un genou à terre et haletait bruyamment, la tête enfoncée dans les épaules. En dominateur, Philippe se tenait debout près de lui, le visage perlant de sueur, une rage indescriptible dans les yeux et le souffle sonore. Tout à coup, il empoigna son adversaire par un bras et l'envoya valser contre des casiers, provoquant une symphonie de tintements métalliques et une salve d'applaudissements en plus des cris et sifflements des partisans. Le corps meurtri de Brisson s'affaissa sur le plancher comme une tonne de briques. Philippe fondit sur sa victime et lui empoigna la tête à deux mains; il le remit violemment sur ses pieds, enchaînant avec une rafale de coups de poings au corps si puissants que la foule recula de quelques pas, apeurée par cette colère démesurée.

Le pauvre Brisson essayait en vain de parer les coups et ramollissait à vue d'œil. Notre ami, un sourire carnassier aux lèvres, attendait patiemment entre chaque volée de coups que sa victime se redresse pour le marteler de nouveau. Je regardai Marc-André. Il me fit un clin d'œil amusé auquel je répondis par un sourire. Décidément, Philippe était le champion lorsqu'il s'agissait de démolir quelqu'un, et nous étions admiratifs; le motif de la bagarre nous importait peu.

Brisson, qui avait chuté une fois de plus, se remit péniblement debout et tituba en reculant de quelques pas. Il en profita pour jeter un œil furtif autour de lui et empoigna la première chose à lui tomber sous la main, un cartable qu'il balança sur son assaillant. Le projectile heurta le colosse en plein front et l'entailla profondément, faisant gicler du sang. Bouillant de colère, notre ami ne remarqua même pas qu'il saignait et se rua avec rage sur Brisson.

Pris littéralement au collet, l'autre reçut quatre bons coups de poing au visage. La foule explosa à nouveau. À demi-conscient, il s'écroula sur le sol. Philippe le roua alors de coups de pied. Il se laissa enfin tomber sur les genoux, résolu à poursuivre son carnage, mais au même moment, surgi de nulle part, Carl se précipita sur lui, le redressa et le plaqua contre un casier. La foule devint tumultueuse, étonnée de la tournure des événements.

— Qu'est-ce tu fais là, crisse! lui cria Philippe qui ne le reconnut pas sur le champ.

— Ça sert à rien de frapper, Philippe, répondit Carl avec un calme surprenant.

Des étudiants finirent par comprendre que la bagarre était finie et ils applaudirent. D'autres persistaient à encourager Brisson pour qu'il se relève enfin et prenne sa revanche.

Carl argumenta avec Philippe pendant un bon moment, accompagnant ses paroles de gestes, posant à plusieurs reprises ses mains sur les épaules de son ami comme le font les entraîneurs avec leur protégé. Des cris de protestation couvraient leur conversation.

Entre-temps, Brisson s'était relevé et, plus furieux que jamais, se rua sur Philippe qui lui tournait maintenant le dos. Il fut stoppé net par Jocelyn Monette qui, avec toute la rapidité et la solidité d'un bloqueur défensif, le colla contre une case.

La secousse fit comprendre à Philippe que Brisson en redemandait, et n'eut été de la réaction agile de Carl, les coups auraient plu de nouveau.

Au bout de plusieurs minutes de pourparlers en sourdine, frustré mais résigné, Philippe baissa pavillon et quitta la salle en compagnie de son ange gardien. Jocelyn Monette, quant à lui, s'assura que Brisson sorte par l'issue opposée et partit ensuite à la recherche de Carl et de Philippe.

Le carillon marqua le début de la journée et nous nous dirigeâmes piteusement vers les escaliers pour nous consacrer à nos activités quotidiennes. Marc-André et moi rencontrâmes en chemin Marie-Ève, Annabelle ainsi que deux de ses amies.

— *Hello, ladies!* lança Marc-André jovialement.

— Salut, macho! répliqua Annabelle qui se doutait bien que la bataille nous avait plu.

— À qui avons-nous l'honneur? demanda-t-il en s'inclinant théâtralement devant les deux compagnes d'Annabelle.

— Elle, c'est Pascale, et elle, Christine.

Visiblement gênées, les deux élèves nous saluèrent et reprirent leur conversation avec Annabelle. J'en profitai pour aborder Marie-Ève.

— T'as-tu parlé à Carl à matin? lui demandai-je.

— Non. Personne lui a parlé. On savait même pas où il était avant qu'y stoppe la *fight*.

— Entécas, on va le voir bientôt.

— Non, c'est ça le pire, y'est pas dans notre classe c't'année.

— Mais on est tous là!

— Je sais, c'est vraiment chiant pour lui.

l'étage, nous fûmes rejoints par Annabelle et André.

— On commence avec quoi, déjà? demanda-t-il.

— Je m'en souviens plus, répondit-elle en consultant l'horaire dans son sac, ça doit être avec... Oh non!

Je regardai dans la classe. Sacrant à mon tour, je fis mine de rebrousser chemin tandis que Pierre Rajotte, calmement assis à son bureau, attendait le son de la cloche.

Rajotte était sans aucun doute le professeur le plus craint de tout le Collège Clairevue. Il nous enseignait l'anglais depuis notre première année de secondaire. Sa personnalité déplaisante, voire exécrable, transformait les cours en un supplice digne des pires divertissements romains. Heureusement pour moi, je n'avais jamais eu de difficulté en langue seconde.

C'était un homme de petite taille, solidement bâti. Des rumeurs le disaient ex-culturiste. Au-delà des potins, on savait qu'il possédait une force physique remarquable. Il avait également un bagage culturel exceptionnel en ce qui avait trait à l'Antiquité et au Moyen Âge.

Bien que Rajotte pût paraître inoffensif au premier abord, c'était sa manière d'enseigner qui faisait de lui une brute; il adorait dominer ses élèves. Lorsqu'il coinçait quelqu'un à parler en classe ou à avoir oublié un devoir, il s'en faisait une heure de gloire. Il lui offrait alors trois choix : prendre la fiche de manquement et l'incontournable retenue, le défier à une partie de bras de fer (une condamnation immédiate), ou répondre à une question tordue sur l'Antiquité ou le Moyen Âge (un autre échec à coup sûr).

De toutes mes années au secondaire, je n'avais vu qu'une élève répondre avec succès à l'une de ses questions et se voir acclamée par la classe. Il n'en n'avait pas fallu davantage pour enrager Pierre Rajotte qui lui en avait aussitôt posé une deuxième. La pauvre n'avait pu y répondre dans les cinq secondes allouées, et avait alors mérité la fameuse retenue.

Au fil des années, les rumeurs et les anecdotes déformées avaient certainement empiré la réputation de Pierre Rajotte. Quelques élèves, dont Marc-André et moi, pouvaient se compter chanceux que leurs aptitudes en anglais les protègent la majorité du temps. Mais la prudence restait de mise.

Nous procrastinions à l'extérieur de la classe, rassemblant notre courage.

— Pas lui ! gémit Annabelle, déjà que chus pas bonne en anglais.

— Fais-toi-s'en pas, lui dis-je, c'est le premier cours de l'année. Y va probablement nous laisser tranquilles aujourd'hui.

— Y'est pas si pire que ça, envoya Marc-André, y'a ses sautes d'humeur, c'est vrai, mais y fait des *jokes cool* des fois, pis y'est pas trop exigeant.

—Ouais, mais tu sais-tu c'qu'y a fait à la fin de l'année passée? me demanda Annabelle.

—Non, quoi?

—Ben, y donnait un cours en secondaire deux, pis y'a posé une question à une fille de 2-01. A l'a pas eue. Il voulait lui donner une carte. Là, elle a chialé que c'était pas juste, pis qu'il avait pas le droit de faire ça. Il l'a prise par le bras pis il l'a sortie du cours.

—Gros épais!

—Ouais, ben, faudrait rentrer quand même, déclara Marie-Ève.

—Gros épais, gros épais, en tout cas, y'est moins pire que Réal Desbiens, lança Marc-André.

—Pour ça, t'as raison, pis pas à peu près, dis-je tandis que l'image terrifiante de notre professeur de sciences, qui incarnait la faucheuse en sarrau, prenait forme dans ma tête.

Nous pénétrâmes dans le local 5-01 pour gagner nos places. Philippe brillait par son absence. Le carillon signala le début des cours et un silence d'effroi s'abattit sur la classe. Pierre Rajotte, les pieds confortablement installés sur son bureau, attendit un long moment, nous observant, soutenant nos regards, chose qu'il adorait faire, pour y déceler le malaise. Satisfait d'en trouver sur une majorité de visages, il nous sourit, puis bâilla avec lassitude.

—* Hello people! commença-t-il, are you happy to see me? We're gonna have so much fun this year. As *usual, I'll try to learn a little bit more about each of you because I'm always interested in what my dear students are up to. Anybody wants to start talking? No one? OK, you don't want to talk now, fine. I have all year to make you talk and believe me, I will,* déclara-t-il sur le ton le plus doucereux qui soit. *Then let's get to work. I want you to read pages 14 to 18 in your manual and do exercises 39 to 45 in your binder. We'll correct them tomorrow.*

Il s'arrêta et fixa un élève du nom de Louis-Charles. Le malheureux regardait dehors, sans se soucier du cours. Pierre Rajotte s'extirpa de son fauteuil et se dirigea sans un bruit vers le pauvre inconscient. Rempli de son pouvoir, il frappa violemment sur le mur, faisant sursauter Louis-Charles.

—*Hey, Louis, you weren't paying attention. I'll have to give you a detention.*

— *Come on,* Monsieur.

— *Unless you beat me in arm-wrestling.*

— Mais y'a personne qui vous bat au bras de fer.

---

* Salut, tout le monde! Contents de me retrouver? Quel plaisir nous attend encore cette année! Comme d'habitude, je vais tenter de vous connaître un peu mieux... parce que j'aime savoir ce que mes élèves mijotent. Alors, qui commence? Personne? D'accord, vous ne payez rien pour attendre. Au travail, donc. Je vous donne à lire les pages 14 à 18 de votre manuel. Ensuite, passez aux exercices 39 à 45 dans votre cahier. Demain, correction!

—* *Well then, answer this question: who were the three members of the Second Triumvirate?*

— Euh, je... ben...

— *Time's up, Louis, I win!*

Il s'arrêta et se tourna en direction d'Annabelle qu'il pointa d'un doigt accusateur.

— *Annabelle, are you chewing gum?*

Elle baissa la tête et cracha nonchalamment sa gomme dans sa main.

— *Bam! I win again. Gosh I'm good at this game!*

Il y eut quelques rires brefs, essentiellement diplomates. La classe entière décida de se plonger dans son cahier pour ne pas vivre un nouvel affrontement. Après avoir forcé Louis-Charles et Annabelle à signer leur carte, Pierre Rajotte retourna s'asseoir confortablement dans son fauteuil de cuir qui détonnait carrément au milieu de nos chaises de bois. Trône de juge contre banc d'accusé. Il nous regarda travailler, satisfait de sa première performance de l'année. Je croisai son regard. Il essuya le gel de ses cheveux noirs qui s'était liquéfié sur son front et me sourit de toutes ses méchantes dents. Je lui rendis son sourire, non sans effort, et poursuivis mon travail.

L'heure du dîner se fit attendre, mais au bout de trois périodes, nous étions enfin réunis à notre table

---

* Alors tu devras répondre à cette question : quelles trois personnes composèrent le second triumvirat ?

extérieure. Nous ingurgitâmes rapidement nos repas préparés à la course, notre goût pour la grasse matinée nous réduisant à improviser la plupart du temps.

—C'est ben plate comme journée, à part pour ta *fight*, mon Phil, dit Marc-André qui appuya son commentaire d'un rot bruyant.

—Attends, lui dis-je, y'en reste encore deux. Deux cours, j'veux dire.

—Sauf qu'on finit en éduc, nous dit Marie-Ève.

—*Cool*, claironna Marc-André, on va pouvoir checker le nouveau prof.

—Y reste-tu une place?

Carl se tenait devant nous, un sac de papier brun à la main, son dîner sans doute.

—Sûr! Assis-toi, lui dit Philippe qui le regarda avec reconnaissance.

—Merci les amis.

Carl s'installa à ma droite. Personne n'osa parler. Même si Philippe semblait en paix avec lui-même, nous étions encore stupéfaits. L'année dernière, jamais Carl n'aurait arrêté un combat, à plus forte raison si Philippe y était impliqué. Nous n'osions pas l'interroger, mais la question nous brûlait tous les lèvres.

Il paraissait aussi serein que la veille au soir.

—Où est Gabriel? demanda-t-il en promenant son regard.

—Ici, répondit l'intéressé, assis dans le gazon

près de la table.

—Parfait. Je voulais que vous soyez tous là pour vous dire ce que j'ai à dire.

—Vas-y, l'invita Marc-André, on t'écoute.

—Bon. Je veux vous dire merci. Cet été, j'ai pris conscience que je vous l'avais pas dit assez souvent. C'est le temps de parler franchement. Je... je veux dire que je suis content que vous soyez mes amis... Enfin, vous me comprenez. Et toi, François, je pense qu'il est temps que tu te lèves de bonne heure. Pareil pour vous tous.

Hilarité générale. Mais personne n'était dupe. Le rire n'avait fait que camoufler un profond malaise.

—Nonon, je suis sérieux, surtout pour toi, François.

—Ben, merci Carl, dit Annabelle.

—Oui, c'tait ben fin, ajouta Marie-Ève.

—T'sais comme genre ben ému, ricana ironiquement Gabriel.

—Pareil pour moi, dis-je, mais j'suis pas sûr de bien comprendre.

—François, avec le temps, quand tu vas te lever de bonne heure, tu vas comprendre.

Carl se leva, sous le regard de six paires d'yeux écarquillés, et emballa le restant de son lunch dans son sac de papier.

—Allez, salut.

—Tu t'en vas où? demanda Philippe.

— J'ai d'autres personnes à qui parler.

Nous le saluâmes de la main, désorientés, et attendîmes qu'il eut monté les escaliers de l'école pour lâcher nos commentaires.

— C'était quoi ça? demanda Annabelle.

—Aucune idée, mais bâtard que c'tait *weird*, ajouta Marc-André.

— Ça voulait dire quoi ce qu'y t'a dit, François... te lever de bonne heure? demanda Marie-Ève.

—J'sais pas. C'est pas mal bizarre en tout cas.

Nous en restâmes là, médusés par les fleurs que Carl venait de nous lancer et par ses paraboles. Pourquoi Carl, habituellement réservé et intouchable, avait-il transgressé encore une fois une des règles d'or du secondaire? Impossible de le savoir. Le carillon retentit, nous rappelant dans la bâtisse, chacun de nous habité de la même certitude: nous étions en train de perdre notre leader spirituel.

Conformément aux prévisions de Marie-Ève, nous terminions la journée en éducation physique. Comme c'était la première journée de classe, Jocelyn Monette nous laissa jouer au football durant toute la période. Mais fidèle à ses habitudes, notre groupe joua dix minutes, puis alla s'asseoir sur le talus ombragé de l'école. Un peu en retrait, Philippe finissait de discuter avec Anne Dubois, la responsable de la discipline.

— Pis, qu'est-ce que t'as eu? s'enquit Marc-André lorsqu'il nous eut rejoints.

—Une semaine de retenue le soir.

— C'est tout?

—J'sais. A la dit que j'étais chanceux que Monette ait parlé en ma faveur, pis qu'il savait que Brisson avait commencé. Faut juste plus que je fasse de trouble de l'année.

—Et Brisson?

—Cinq heures de retenue. Le p'tit maudit! N'empêche qu'y se défendait pas pire.

—Carl, y'a-tu eu de quoi? me risquai-je à lui demander.

—Non. Dubois a dit que y'a ben fait.

—Qu'est-ce que Monette y vous a dit, Phil?

—Moi, rien. Y'a parlé à Carl.

—Moi, j'vais aller boire de l'eau, dis-je en me levant.

—Fais attention de pas t'étouffer, me lança Marc-André pour détendre l'atmosphère.

L'eau de la fontaine était chaude, presque imbuvable, mais la soif me grattait le gosier et je dus en ingurgiter plusieurs gorgées à contrecœur. Une voix me sortit de mes pensées.

—François, est-ce que je peux te parler deux p'tites minutes?

Je me retournai et retint une mimique de surprise. C'était Jocelyn Monette.

—Euh... ben, oui, j'imagine, dis-je avec hésitation, sachant qu'une discussion avec un enseignant était une expérience rarement agréable.

Du doigt, il désigna un banc et je m'y assis, sur

la défensive, prêt à argumenter serré s'il le fallait. Il s'installa à ma gauche et nettoya ses lunettes avec son chandail, son sourire mystérieux toujours aux lèvres.

—Qu'est-ce que vous voulez? lui demandai-je.

—C'est à propos de Carl. On s'est parlé ce matin, après la bagarre.

—De quoi?

—De toutes sortes de choses. De son voyage à Val-d'Or, de ce qui lui arrivait, de ses amis.

—Ah?

—Y m'a confié que le fait qu'y'avait changé, ça vous mettait ben mal à l'aise, pis que ça, ça l'attristait beaucoup. Toi, qu'est-ce que t'en penses?

Je restais muet. Il avait tellement raison. J'étais surpris de son intérêt pour ce que les élèves pouvaient ressentir, mais il était hors de question que je le laisse s'enquérir de mes sentiments. Que non. Malgré son air sincère, c'était un prof, l'ennemi juré avec qui on devait cohabiter, mais pas fraterniser. Celui qu'on saluait d'une main et qu'on poignardait de l'autre. Celui qui pouvait faire le tortionnaire en donnant un examen ardu ou le sauveur en accordant un délai de grâce. Le clown des vendredis après-midi et le bourreau des lundis matin.

—C'est pas supposé être confidentiel ces choses-là? répliquai-je sur un ton moqueur.

—Oui, sauf quand la personne concernée te demande d'aller en parler à ses amis.

Touché. Je n'avais pas affaire à un psychologue en carton et il prenait son rôle à cœur. Je le défiai du regard tandis qu'il scrutait mon visage. C'était certainement un champion à ce jeu-là, car, malgré mes réticences, je ne pus réprimer un rire qu'il partagea, à ma grande surprise.

— Ouais, ben, si jamais ça te tente de parler, viens me voir.

Il passa sa main dans ses longs cheveux et se dirigea calmement vers le terrain de football.

— Hey, Monsieur, criai-je.

— *Wow!* Lâche-moi le Monsieur. Ça te vieillit d'un coup ça, merde! J'ai l'impression d'être sénateur. Oh! chus pas supposé parler de même, dit-il en plaquant sa main sur ses lèvres. Bof, si j'ai le choix entre ça pis parler avec la bouche en cul d'poule, ma décision est pas *tough* à prendre. Appelle-moi Jocelyn, ou *man* si tu veux. Sauf que appelle-moi jamais *dude.* Ça fait beigne à l'érable en sacrifice.

J'éclatai de rire sans retenue.

— Bon, pas pire, tu ris à c't'heure. *Cool.*

Mon rire devint contagieux et nous fûmes bientôt deux à rigoler sur le banc où il avait repris place. Je me sentis prêt à lui parler.

— Jocelyn, est-ce que Carl t'a dit pourquoi y'avait changé comme ça?

— Oui. Mais je pense qu'y préfère t'en parler lui-même. Y'a ben des choses à te dire.

— Oui, mais quand?

— Quand y sera prêt, ou quand tu lui poseras la question. Écoute, François, des fois, les gens changent comme ça, sans qu'on sache pourquoi. Pis c'est pas tellement de savoir pourquoi qui importe, mais plutôt de comprendre ce que ce changement-là nous apporte. Je sais que ça sonne *weird*. D'habitude, je parle juste comme ça après avoir fumé, me dit-il en me faisant un clin d'œil complice. Tu voudras peut-être aborder Carl le premier, pis l'écouter.

— Ouais, peut-être. Merci, Jocelyn. « Joss », c'est-tu correct?

Mon instinct d'adolescent rebelle avait beau me crier de rester dans mes retranchements, quelque chose en lui m'inspirait confiance.

— C'est ben correct, dit-il en souriant, ben correct.

Il retourna vers le terrain de football. Je restai là, à le regarder marcher, me demandant pourquoi il était devenu professeur, psychologue de surcroît. Il semblait capable d'être un bon confident. Sous le poids de ces réflexions beaucoup trop compliquées pour une fin d'après-midi toute simple, je décidai d'aller rejoindre mon groupe et de museler mes émotions.

Chapitre 5 : C'est tellement beau

Les semaines s'enfilèrent paisiblement sur un grand cordon continu: cours, dîners, devoirs. La nouvelle attitude de Carl, désapprouvée par la quasi-totalité des élèves au début de septembre, devint tolérée puis acceptée vers la mi-octobre. À maintes reprises, j'avais tenté de discuter avec lui, mais chaque fois, le courage me manquait. J'avais peur de parler franc à un gars qui faisait pourtant partie de mes meilleurs amis. Les émotions et moi, nous n'avions jamais fait bon ménage; j'étais alors résolu à attendre qu'il me parle.

L'automne avait succédé à l'été, la brise aux chaleurs accablantes. Nous avions réintégré notre rôle d'élève, étions réadaptés au milieu scolaire, gardions nos distances par rapport aux cours, donnions une raclée occasionnelle à Yannick Cardinal et nous assurions de la stabilité de notre groupe.

Annabelle avait un nouveau petit ami, un dénommé Steve, mécanicien et grand amateur de musique *rap*, au grand bonheur de Gabriel. Marie-Ève continuait de travailler au McDonald, se plaignant des caprices de la clientèle. Quant à moi, j'étais redevenu l'être sociable qui s'entendait relativement bien avec tout le monde sans jamais se compromettre, et toujours prêt à rigoler.

Jocelyn Monette et moi discutions sur une base régulière, échangeant toutes sortes de choses, la saison qu'avait connue Mark McGuire, par exemple, ou le dernier film de Steven Spielberg. Mieux je le connaissais, plus je l'admirais. Et pourtant, qui l'eut cru quelques semaines plus tôt: moi, fraternisant avec un enseignant! Bref, la rentrée perturbée avait cédé la place à un calme paisible et opaque. Mais le mardi 22 octobre, les événements prirent une autre tournure.

Pour clore cette insipide journée, nous avions un cours d'anglais, une situation toujours risquée pour un élève.

À la façon dont Pierre Rajotte entra dans la classe, je sus que quelque chose clochait. Il ne s'assit pas immédiatement à son bureau, mais gribouilla plutôt quelques phrases au tableau en marmonnant des insultes en anglais. C'était typique des suites d'une dispute avec sa femme qui, elle, enseignait le français en secondaire un. Les querelles au beau milieu du corridor ou à la cafétéria nous étaient familières. Lorsque le carillon sonna, nous retînmes tous notre souffle et attendîmes la tempête.

—Là, je suis pas content, dit-il à travers un vilain sourire, parce qu'il y en a qui niaisent pendant mes cours. Ça fait quatre ans qu'ils sont avec moi et ils pensent que parce que c'est leur dernière année ici, ils peuvent faire n'importe quoi. Ben, j'ai des p'tites nouvelles pour eux autres. *The party's over.* Est-ce que c'est clair?

Pierre Rajotte s'adressait à nous en français?

L'heure était grave, très grave. Sa colère avait atteint un sommet.

— * *Now, let's get to work, people,* continua-t-il. *I want you to write three hundred words on the lover of your dreams. This text will count for twenty percent of your final mark, plus you will have an oral exam worth forty percent. Good luck to you all.*

Un murmure, plus apparenté à un râle, se répandit. C'était du Pierre Rajotte tout craché. Depuis notre première année de secondaire, il nous avait bombardés de travaux avec des sujets du genre « Ma pire bêtise », « Mes expériences personnelles avec l'alcool et la drogue », ou encore « Pour ou contre l'homosexualité ». Ces sujets, empreints de gravité, et qui méritaient normalement réflexion, ne servaient que son plaisir personnel de disséquer les élèves.

Je me mis au travail et fis preuve d'imagination pour produire un texte fictif. Comme d'habitude, je terminai mon travail rapidement, prévoyant passer le restant de la période à mimer une correction appliquée et ne lui remettant ma feuille qu'à la toute fin, au signal du carillon. Déposer mon texte précocement aurait été une manœuvre suicidaire. Il se

---

* Au travail, tout le monde! Je vous demande d'écrire trois cents mots sur l'amour de vos rêves. Ce texte vaudra vingt pour cent de l'étape. Il y aura aussi un oral comptant pour quarante pour cent. Bonne chance.

serait levé, se serait planté à mes côtés et aurait lu ma composition en la ponctuant de quelques rires et soupirs. Si mon texte avait été médiocre ou très personnel, j'en aurais été quitte pour me faire ridiculiser, Rajotte arrêtant la classe pour lui lire à voix haute le fruit de mes réflexions et susciter un débat.

Non, je n'étais pas un débutant et préférais mimer ma révision. Mais au bout d'une vingtaine de minutes, un ennui pesant m'envahit. Je regardai ma montre; il restait encore vingt minutes avant la délivrance. Mes paupières s'alourdissaient et je bâillais de plus en plus fréquemment. Je fixais le corridor. D'ordinaire, quelques élèves y passaient, des professeurs aussi pendant leurs périodes libres, parfois même le directeur, mallette à la main. Sauf qu'aujourd'hui, le corridor semblait mort. À défaut de stimulation visuelle, je fermai les yeux et pensai à ma prochaine fin de semaine qui, bien qu'elle fût encore loin, me souriait. Je ne sais combien de temps je demeurai ainsi, les yeux clos, ma tête confortablement appuyée dans la paume de ma main gauche, mais je fus éjecté de ma rêverie par un cri.

— *Wake up, Frank! You weren't sleeping in my class, were you?*

La tête me tomba de la main. Crisse! Pris en flagrant délit. Je n'avais décidément pas choisi ma journée pour affronter Pierre Rajotte. Planté devant moi, les mains sur les hanches comme un commandant de l'armée, il me fixait de ses prunelles brunes et pétillantes de fureur. J'avais été témoin de trop d'humiliations pour entrer dans son petit jeu et je fis mon possible pour rester calme.

— *I'm sorry, sir. I was just distracted for a moment.

— Well, I'll have to give you a detention... unless you can beat me at arm-wrestling.

— You know I can't do that, sir.

— And why not?

— Because you're too strong.

La remarque lui plut forcément et diminua son agressivité. Il tint quand même à affirmer sa supériorité.

— So tell me, Frank, what did you write about?

— This and that.

— Please describe your dream girl. Physically.

— I don't really want to, sir. Could I be left alone? I don't feel like talking today.

— What? Now, you're really pushing my buttons!

—* Désolé, monsieur, j'ai été distrait rien qu'un moment.
— Bon, je vais devoir te donner une retenue... à moins que tu ne me battes au bras de fer.
— Vous savez bien que j'peux pas.
— Et pourquoi ça?
— Vous êtes trop fort pour moi.
— Alors, dis-moi ce que tu as écrit.
— Un peu de ceci et cela.
— Décris la fille de tes rêves, je veux dire physiquement.
— Ça ne me tente pas vraiment, monsieur. À vrai dire, j'ai pas tellement envie de parler aujourd'hui.
— Quoi? Là, tu me pousses vraiment à bout.

Un pincement intérieur me fit sursauter. Quelle idée m'avait pris de lui répondre de la sorte! Cette fois, j'étais cuit. Je m'apprêtais à m'excuser pour alléger la sentence inévitable quand une voix surgit du corridor.

—Monsieur Rajotte, laissez-le donc tranquille un peu. C'est pas si grave que ça ce qu'il a fait.

Pas possible! Carl se tenait bravement sur le seuil de la porte et vingt-huit paires d'yeux incrédules étaient posées sur lui.

— *What did you say, Carl?*

— *Come on.* C'pas comme si y vous avait envoyé promener. Soyez donc généreux pour une fois. Je le sais que vous en êtes capable, même si vous pouvez être ben chiant des fois.

—*What? You little son of a... How dare you...*

—Ben là, monsieur, parlez-y pas comme ça franchement, dis-je plein de courage.

—*Stay out of this, Frank!*

—Y'a ben l'droit si y veut puisque vous l'avez provoqué, répliqua Carl posément.

—*Get out Carl! You too Frank! Out! Go see Miss Dubois!* rugit Pierre Rajotte en pointant la porte de son doigt menaçant.

Je me levai, dérouté, et sortis de la classe.

—Pourquoi t'as fait ça? demandai-je à Carl.

—Pourquoi? Mais t'es mon ami voyons. Je pouvais pas le laisser faire ça.

—Ouais, mais Rajotte y'est dangereux. Tu vas

'oir du trouble.

—Ben non, inquiète-toi pas. Je vais parler à Dubois, pis ça va ben aller.

—Maudit que t'es bizarre, Carl. T'en prendre à Rajotte. T'aurais pas fait ça y'a un an. Qu'est-ce qui t'arrive?

—Laisse faire. Je vais t'en parler à soir. J'viendrai chez vous pis on fumera, correct?

—Ah! là tu parles. Bon, qu'est-ce qu'on dit à Dubois?

— Inquiète-toi pas, je m'en occupe.

Nous étions arrivés devant le bureau de la responsable de la discipline. Il me sourit, puis me fit signe de l'attendre sur un banc. Je me remettais à peine de ma confrontation avec Pierre Rajotte et patientais tant bien que mal. Carl ressortit du bureau après une dizaine de minutes et vint s'asseoir à mes côtés. Je pus voir Anne Dubois dans l'entre-bâillement de la porte, souriant bizarrement et épiant notre conversation.

—Tout est arrangé, me dit-il.

—On a rien?

—Une demi-heure de retenue demain midi. Juste pour satisfaire Pierre Rajotte.

—Merci beaucoup, *man*. Je t'en dois une. N'importe quoi.

—Non. C'est moi qui t'en dois une.

—Carl, recommence pas, ça me fait peur quand tu parles de même.

—O.K., dit-il en riant de bon cœur, c'est beau. Je vais parler comme d'habitude, correct?

—Parfait, *man*, parfait.

Le carillon marqua la fin de la journée et les corridors furent brusquement bondés d'élèves et de bruits. Je saluai Carl et partis rejoindre le groupe qui attendait certainement près des escaliers pour connaître le dénouement de l'histoire.

—Une demi-heure de retenue, annonçai-je fièrement.

—Mon chanceux! lança Philippe, qu'est-ce que vous avez raconté à Dubois?

—Moi, j'ai rien dit, c'est Carl qui a parlé. J'y en dois une belle.

—Rajotte, l'épais. Quand t'es parti avec Carl, y'a pas arrêté de nous poser des questions sur toi, sur tes affaires, si on te trouvait correct ou pas. Y'était fier en sacrifice.

—Bah! Laisse-le faire. C't'un *twit*.

—Y nous a même lu ton texte, me dit Annabelle en prenant un air offusqué : une noire de six pieds neuf pouces avec des cheveux roux, des yeux noirs, qui pèse cent vingt-cinq livres. La femme de tes rêves?

—Ben quoi, répondis-je à la blague, on a ben l'droit d'avoir ses p'tits fantasmes. Quand même, chus sûr que ça existe.

Nous éclatâmes d'un rire joyeux et nous dirigeâmes vers les autobus. Marie-Ève me prit à l'écart.

—Tu viens-tu me voir à soir?

— Ben, Carl y veut me parler. Sauf qu'après, si tu veux, on pourra se voir. Tu m'avais pas dit, par exemple, que tu travaillais plus les soirs de semaine?

—Nonon. Me voir chez nous. On ira marcher dans mon coin.

— Correct. À ce soir, Marie.

— Salut, François. Tu me diras ce que Carl avait à te raconter.

— Ouais, c'est ça, on verra, dis-je d'un ton sévère et caricatural, tu veux toujours tout savoir sur ma vie, ça devient agaçant! ricanai-je.

Elle me tira la langue et me fit un clin d'œil. Je la regardai s'engouffrer dans son autobus puis me dirigeai vers le mien non sans chercher désespérément Jocelyn Monette du regard. J'aurais voulu lui parler, lui dire que notre Carl se portait beaucoup mieux, mais il était introuvable. Je montai donc à bord du véhicule pour trouver Marc-André discutant avec la fameuse élève de la fenêtre.

—Tu changes pas, murmurai-je.

—Non, me répondit-il sur le même ton, *and I love it!*

Carl arriva chez moi vers vingt et une heures. Comme lors de nos fumeries précédentes, il gara sa voiture sur le terrain vacant en arrière de ma maison. Je l'y rejoignis.

— T'en as-tu? lui demandai-je.

— Y t'en reste plus?

— Non. J'ai écoulé mes réserves cet été.

— T'es chanceux, y m'en reste deux, déjà roulés en plus.

Il sortit les deux joints de sa poche de manteau et m'en tendit un. Après l'avoir minutieusement humecté, je l'allumai, en tirai une longue bouffée, puis lui remis son briquet. Il fit pareil et m'invita à marcher avec lui.

—Me semblait que t'en prenais pus, lui dis-je. C'est ce que t'as dit à Philippe quand il t'a demandé si tu voulais faire des *bits* de hasch chez Gilbert?

— Ah, je m'étais dit que j'en prendrais plus, mais c'est toujours tellement l'*fun* avec toi qu'une dernière fois me fera pas de tort.

— Ouais. On en a fait des conneries *vegge* toi pis moi. Tu te souviens-tu de la fête à Gab?

—La fois où on avait voulu se baigner avec le chat?

— C'est ça! Maudit qu'était bonne celle-là.

Il rit longuement, d'un rire plaisant à écouter, et prit une longue inhalation. Il me regarda faire de même et me dit :

—Hey, tu fumes beaucoup plus vite, toé! Avant, j'avais le temps d'en claquer deux avant que tu finisses ton premier.

—Ben, avec d'la pratique, t'sais.

—C'est ça, ouais, mettons.

Ralentis par la drogue, nous décidâmes de nous asseoir au pied d'un arbre. Il ne resta de notre conversation que quelques bribes de souvenirs et des rires brefs. Lorsque nous eûmes fini nos joints, nous restâmes par terre, adossés à l'arbre, lui fixant les étoiles, moi hypnotisé par le gazon.

—François, veux-tu que je te dise ce qui s'est passé à Val-d'Or?

—Vas-y donc, dis-je en riant lentement.

—J'ai rencontré une fille. Une belle fille. Chus tombé en amour par-dessus la tête. A m'a appris toutes sortes de choses sur la vie. C'est pour ça que chus pus pareil.

— Comment a s'appelle?

— Chantal. Hostie que je l'aimais.

— Aimais?

—Ben oui. Chus revenu de Val-d'Or sans avoir pu y dire combien je l'aimais. On a couché ensemble plusieurs fois, pis je voulais qu'a sache que c'tait pas juste un *trip* physique. A m'a ouvert les yeux, a m'a sorti d'un coma. J'y dois tout. Sauf que être conscient, ça fait mal, ben mal. Pas toujours l'*fun*.

—De quoi tu parles?

—J'ai scrapé ben des affaires, François, trop d'affaires. Mon amour pour Chantal m'a viré à l'envers.

—*Tough shit, man.*

—Ouais, comme tu dis. François, je veux aussi que tu saches à quel point t'es un bon *chum,* un vrai *chum.* Je t'aime ben, t'sais.

— Moi aussi, *man*, ben gros.

Il se releva péniblement et fit quelques pas. Après bien des efforts, je parvins à me relever à mon tour. Silencieux, l'esprit embrouillé, j'observai mon ami qui avait les yeux pleins d'eau et semblait sourire à sa Chantal.

—T'sais, François, c'est vraiment beau... tellement beau, lâcha Carl.

—C'est vrai que le ciel est beau.

—Nonon. Pas le ciel. Le ciel est joli, mais ÇA... c'est la plus belle chose au monde.

Il n'avait en aucun instant quitté le ciel des yeux, et dans son regard brillait la lueur des étoiles. Dans son sourire se mêlaient étrangement la joie et la tristesse.

—Tellement beau, répéta-t-il dans un filet de voix à peine audible.

Il soupira, puis se dirigea vers sa voiture. Je tentai tant bien que mal de le rattraper, titubant et trébuchant sur les aspérités du terrain.

— C'est quoi qui est beau, Carl? C'est quoi?

Il s'engouffra dans sa voiture et mit aussitôt le moteur en marche pour disparaître dans la noirceur de la rue. Étourdi et épuisé, je m'écroulai par terre, les bras en croix et m'assoupis en murmurant.

— C'est quoi qui est beau?

Il me fallut de longues minutes, peut-être même une heure, pour que le froid me pousse à rentrer chez moi. Il me vint à l'esprit que j'avais oublié Marie-Ève.

Le lendemain, je fus réveillé par le cri strident du téléphone. Mi-conscient, mi-vêtu, j'empoignai rageusement le combiné.

— Allô, c'est qui?

— C'est Marc-André. François, t'as-tu vu les nouvelles?

— Marc? Y'est quelle heure, là?

— Sept heures et dix, mais c'est pas important. T'as-tu vu les nouvelles?

— Non, j'ai pas vu les nouvelles, tu me réveilles! C'est quoi qui y'a de si important dans tes maudites nouvelles?

Il y eut un long silence qui me sembla durer une éternité. J'étais maintenant assez réveillé pour comprendre que j'allais apprendre une catastrophe.

— C'est Carl... François, la police l'a repêché ce matin dans la rivière... Y disent que c'est un suicide.

Chapitre 6 : L'enterrement

Les funérailles eurent lieu le samedi suivant. Carl fut, à sa demande, enterré à Montréal, au cimetière Côte-des-Neiges.

Un indescriptible sentiment de tristesse m'habitait et le ciel barbouillé de gris partageait ma peine. Quand Marc-André et moi traversâmes les grilles de fer, des élèves de l'école et des connaissances étaient déjà rassemblés autour de la fosse.

Nous rejoignîmes Marie-Ève, Annabelle et Christine.

—Gabriel pis Philippe sont pas là? demandai-je.

—Phil y'est venu plus tôt. Y pouvait pas rester longtemps parce qu'y avait un *lift* pour le ramener chez lui, me répondit Marie-Ève qui avait visiblement pleuré.

—Pauvre Phil. Lui et Carl étaient des bons *chums*. Comment y prend ça? demanda Marc-André.

—Mal. Mettons qu'y a le moral à zéro, même si y laisse rien paraître.

—Pis Gab?

—J'l'ai vu tout à l'heure. Lui non plus y'est pas bien. Y'a fait quelques *jokes* pour nous faire rire, mais y'en mène pas large.

—Ouais, ça se comprend. Toi, ça va?

—Pas pire. Annabelle pis Christine m'aident à passer au travers. Toi?

—Bof. J'me sens pas ben dans ma peau.

Complètement déstabilisé.

—Toi, Marc?

—*Feelin' like crap.*

Nous restâmes économes de mots. Le prêtre se présenta pour la mise en terre et la foule se tut. On n'entendit plus que le vent et les voitures sur le chemin de la Côte. Dans un groupe, je reconnus un grand nombre de visages de l'école, dans l'autre, la majorité des gens m'étaient inconnus.

Tout au long de la cérémonie, les mots de Carl ne cessaient de tournoyer dans mon esprit: «Il est temps que tu te lèves de bonne heure... C'est tellement beau.» Mais qu'est-ce qui était beau? Et pourquoi Carl s'était-il enlevé la vie si c'était beau à un tel point? Je n'y comprenais rien. Jamais de ma vie d'enfant ou d'adolescent n'avais-je eu à faire face à une telle tragédie et je me sentais démuni.

Je détournai mon regard du cercueil et constatai l'absence de Gabriel. Marie-Ève et Annabelle pleuraient en silence, en se tenant la main. Marc-André fixait ses souliers; son visage trahissait le manque de sommeil et son expression hagarde faisait peur. Depuis quelques jours, moi aussi je faisais de l'insomnie. J'étais fatigué, j'avais mal à la tête et je refoulais souvent une envie de larmes.

Quand le cercueil de Carl fut dans sa tombe, je ne pouvais toujours pas croire que cette boîte contenait le corps de mon ami. « François, je veux aussi que tu saches à quel point t'es un bon *chum*.

Un vrai *chum*. Je t'aime ben, t'sais.» Sa voix! Je me retournai sous le coup de l'hallucination, mais il n'y avait derrière moi que la foule qui se dispersait. Notre bande, quant à elle, restait devant le trou béant, hébétée.

Au loin, j'aperçus Jocelyn Monette, tout de noir vêtu, qui s'apprêtait à quitter le cimetière. Je courus vers lui en l'appelant.

Un air douloureux avait effacé son sourire habituel. Il fit quelques pas pour venir à ma rencontre et me serra la main.

—Mes condoléances, François.

—Merci d'être venu.

—Je ne connaissais pas beaucoup Carl et je le regrette. C'est déroutant ce qui est arrivé.

—Mais pourquoi y'a fait ça? Y pouvait pas être si mal pris que ça! Pourquoi?

—Avais-tu eu l'occasion de lui parler?

—Oui, le soir avant qu'il décide de... d'en finir. Y m'a dit qu'il aimait une fille qui s'appelait Chantal pis qu'elle lui avait ouvert les yeux. Y m'a aussi dit qu'être conscient ça faisait ben mal. Mais quessé qu'y voulait dire?

—Est-ce que t'es pas en train d'avoir mal?

—Ouais, tu parles en paraboles comme Carl, dis-je un peu sèchement.

—Écoute, François, reprit-il sans se vexer, la mort de quelqu'un qui nous est cher creuse toujours un vide soudain. À plus forte raison quand les circonstances sont dramatiques. C'est parfois impossible de comprendre ou d'accepter les motivations d'une personne qui s'enlève la vie. Là, je te parle pas comme psychologue, mais d'homme à homme. Il faudrait être dans la tête de Carl pour savoir ce qu'il a vécu, pis on peut pas l'faire. Tout ce que tu peux te dire, c'est qu'il avait ses raisons pour en finir. En fait, ce qu'il voulait, c'était pas de mourir, mais d'arrêter de souffrir. Mais on peut pas reculer le temps. Pense pas à Carl comme à celui qui s'est jeté en bas d'un pont, mais plutôt comme à quelqu'un qui a touché ta vie. Tu peux rien faire d'autre pour tout de suite.

— J'aurais dû être plus attentif, j'y aurais dit quelque chose pour éviter que...

Je ne parvins pas à terminer ma phrase, j'avais une boule dans la gorge.

— Se sentir coupable, c'est normal. Sauf que ça sert à rien de te reprocher des affaires. Viens me voir lundi, O.K.?

Quand je rejoignis mes amis, Christine et Annabelle étaient parties, mais Gabriel discutait avec Marc-André.

— T'sais, j'sais pas, *man*, genre mardi matin, ben correct dans l'bus, pis là, le soir, paf, dans la rivière.

— On peut imaginer que ça faisait un bout qu'il y pensait, lui dit Marc-André. Il a laissé un mot.

— Bon, va falloir que j'y aille, moi, nous dit Marie-Ève, visiblement mal à l'aise.

—Nous autres aussi on va y aller, hein François? Tu viens-tu, Gab?

—Non. C'est genre j'ai du monde proche. M'a aller prendre style une vraie grosse brosse.

Nous le regardâmes s'éloigner, puis nous dirigeâmes à notre tour vers la rue.

—Pourquoi, estie, POUR-QUOI? demanda Marc-André, le regard dans le néant.

—Je sais pas. Je comprends pas.

Ce soir-là, je décidai d'aller voir un film au cinéma Parisien, comme toutes les fois où j'étais déprimé. Le film me déplut mais, à vrai dire, je l'écoutais distraitement. La mort de Carl m'avait tellement secoué que je ne parvenais pas à me concentrer sur la moindre chose, ni à l'école ni ailleurs.

Je quittai la salle avant la fin et pris le métro pour rentrer. À la station Longueuil, je sortis pour prendre l'autobus. J'avais une heure devant moi avant le prochain départ et décidai de marcher un peu pour contempler Longueuil, à la fois différente et semblable à ma ville. Depuis le fatidique soir où Carl avait disparu, les questions se bousculaient dans ma tête. Des questions qui n'avaient jamais effleuré mon esprit auparavant. Et cette phrase qu'il avait lancée en pleine extase, que signifiait-elle? Mon esprit vagabondait lorsqu'une silhouette sortit de l'ombre.

— Salut, François. Il y a longtemps qu'on s'est vu.

Je sursautai. À sa carrure chétive, ses cheveux

bruns mi-longs couleur noyer et des yeux sombres où se lisait la vivacité, je reconnus aussitôt mon ami David. Je lui serrai la main avec empressement, content de le voir.

David et moi avions fait connaissance un soir de la Saint-Jean-Baptiste, au parc municipal de ma ville. À l'époque, j'étais en secondaire un et je jouais beaucoup au badminton. Nous nous étions découvert une véritable affinité et avions ensuite passé la soirée à parler de cinéma, de filles, d'études. Il y a des gens avec qui une heure de conversation construit un édifice d'amitié.

Cette première rencontre fut suivie de plusieurs autres, toujours fortuites. David m'avait souvent conseillé lorsque je traversais des épreuves, que ce soit la mort de mon chat que j'affectionnais ou des problèmes scolaires. C'était un personnage : quelques années plus âgé que moi et auréolé de mystère.

L'ennui, c'est qu'il n'avait pas le téléphone et que je ne pouvais le rejoindre quand je le voulais. Lui, il faisait confiance au destin, et je dois dire que le destin lui donnait souvent raison, car nous nous rencontrions toujours à des moments où j'éprouvais des difficultés. Bref, il était comme le grand frère que je n'avais jamais eu, autant capable de me faire rire que réfléchir. J'avais l'impression qu'il avait réponse à tout : soucis d'argent, d'amitié, d'amour (fait rarissime dans mon cas !)... enfin tout. Lorsqu'il me demanda comment j'allais, je pris finalement conscience qu'il ne parlait jamais de lui et qu'il s'inquiétait toujours des autres.

—Pas très bien.

— J'ai appris la mort de ton ami dans le journal. C'est vraiment triste ce qui est arrivé. Tu veux qu'on en parle?

Je fis un signe affirmatif de la tête parce que j'avais tout à coup une boule dans le gosier que je refoulai immédiatement.

—Allons prendre un café.

Le Café Girard était un petit restaurant à quelques pas de la station. Après s'être réchauffé les mains sur les parois de sa tasse, il prit une gorgée et s'adossa à la banquette de cuirette rouge. Je sentis son regard me traverser.

—Tu reviens d'où comme ça? me demanda-t-il en souriant.

—Je suis allé voir un film au Parisien, t'sais, comme quand...

—Quand tu vas pas bien, enchaîna-t-il après mon silence. Ça t'a beaucoup affecté la mort de Carl, n'est-ce pas?

—Oui, pas mal. Je m'interroge, je...

—Je t'écoute, me dit-il en souriant.

—T'es certain? J'ai toujours l'impression de vider mes problèmes sur toi.

—Ben, voyons. Ça fait combien de temps qu'on se connaît, François?

— Un bon bout de temps, répondis-je après avoir avalé une gorgée de mon expresso. Ben, ça va peut-être te paraître *twit* ce que je cherche à savoir.

— Aucun danger.

— Bon, O.K. T'sais, le soir que Carl est mort, y'est venu chez nous. Y m'a parlé d'un voyage que y'avait fait à Val-d'Or. Y'est tombé en amour avec une fille là-bas, pis y disait que y'avait compris ben des affaires. Y disait qu'être conscient, ça faisait mal. Qu'est-ce que tu penses que ça signifie?

— Plus dur à dire pour moi que pour toi qui connaissais Carl. Je comprends que ça te travaille, par exemple.

— Ouin... J'en ai une autre de même. Un midi, Carl m'a dit qu'y'était temps que je me lève de bonne heure. Qu'est-ce tu penses qu'y voulait dire?

— Il avait parfaitement raison, dit-il après un rire bref. Ce qu'il a voulu dire sans doute, c'est que tu dors trop. Tu dors peut-être même quand t'es supposé être réveillé! Réveille-toi pour faire changement. On finit toujours par regretter de se lever tard.

— Ça m'aide pas trop, ça.

Je n'osais pas lui demander d'expliciter sa pensée, de peur de passer pour un « dur de comprenure ».

— Je sais. D'ici quelque temps, tu vas sans doute comprendre.

— J'commence à être tanné de me faire dire ça.

— Ça doit, dit-il en riant doucement, mais c'est

la seule chose que je peux te dire. Hé! regarde, ton autobus est arrivé.

—Oh, c'est vrai! répondis-je en me levant précipitamment. À bientôt, j'espère.

— Pour sûr. Peut-être qu'à ce moment-là tu te seras levé de bonne heure.

Il resta assis devant nos tasses vides tandis que je courais vers mon autobus, le manteau ouvert battant au vent. Le froid d'octobre me fit frissonner. Installé au fond du véhicule, je pus le saluer une dernière fois par la vitre et le regarder jusqu'à ce que l'autobus quitte le stationnement pour s'engager dans les rues sombres de la ville. Je me trouvais chanceux que le hasard m'ait fait cadeau de cette rencontre.

Épuisé par les événements des derniers jours, je m'assoupis en pensant à Carl et en me demandant toujours qu'est-ce qui pouvait bien être beau.

Chapitre 7 : Illusions

— *Check* la fille à la fontaine.

— Laquelle? Simard?

— Non. La blonde avec le *walkman*. C'est *cute* ça, mon gars.

— Ah, Maude Bellechasse. Secondaire trois.

— R'garde pas en bas des marches.

— Quoi?

— C'est Nathalie. *Oh boy!* Ça fait peur, ça. Cou'donc, qu'est-ce qu'a met dans ses cheveux? Du Cheez-Whiz?

— Ça ou de la sauce dijonnaise. Vraiment pas beau.

— Ouais, a l'air *dumb* en sacrifice. Style à enseigner le français, pis à pas savoir ses participes passés.

— Maudit qu'est bonne. *Wow!* Valérie Anderson!

— Où, crisse, où?

— Juste à côté du terrain de football. A joue au volley. *It's like a dream come true. Check*-la sauter.

— Pis retomber surtout.

— Non, a s'en va! Reviens, s'il te plaît, s'il te plaît.

— Arrête de supplier, Marc. Elle va sûrement rejouer demain.

— O.K.! De toute façon, j'aimerais vous faire remarquer, distingué compagnon, que je fréquente actuellement une jeune et jolie demoiselle.

— Ah, c'est vrai. Pis, comment cela se

déroule-t-il, très cher camarade?

— *Good, good.* On s'entend plutôt bien.

—Déjà? Maudit que t'es pas battable. Depuis quand ça?

— Depuis vendredi dernier.

— Vendredi dernier? Je t'ai appelé pour savoir si tu voulais venir à La Bulle avec moi pis Marie-Ève? Tu m'as menti!

—Ben, elle était à côté du téléphone, et si je t'avais dit ce que j'avais en tête, elle aurait eu peur.

—T'as raison. Quand tu parles de cul, tu fais toujours peur. Bref, chaque fois que je suis avec toi, j'ai peur.

— Hey, attention. Je ne suis pas le seul à pouvoir tomber dans les descriptions graphiques.

— Les descriptions graphiques! Est bonne.

— Ah! *Check* la fille à côté du stationnement.

—*Wow!* C'est qui ça?

—Amélie Desjardins. A vient ici une fois par semaine. Est responsable de...

— J'm'en sacre, est *hot*.

Deux à trois fois par semaine, bon an mal an, Marc-André et moi nous installions sur un banc, à l'extrémité sud du terrain de l'école, pour examiner la clientèle féminine, et depuis le temps que nous étions fidèles à notre habitude, c'était devenu un sport.

Plusieurs jours s'étaient écoulés depuis l'enterrement de Carl, et novembre avait imposé sa froidure et sa grisaille. Nous nous portions un peu mieux, la douleur initiale ayant cédé la place au deuil qu'il fallait faire de notre ami. Le Collège avait organisé une cérémonie où quelques lectures à voix haute avaient rassemblés les élèves. Certains avaient prié, d'autres avaient médité. Nous devions tous apprendre à vivre sans Carl et la vie avait repris son cours, puisque la routine triomphait de tout.

De mon côté, je m'étais résolu à évacuer mon sentiment de culpabilité et le fait de parler avec Jocelyn m'avait aidé. J'avais aussi relégué les paraboles de Carl au second plan en me disant que je ne devais pas m'attarder à des réflexions dont le sens m'échappait et qui avaient peut-être même causé sa perte. C'était le *here and now* qui comptait.

— T'as connais-tu la fille en deux qui sort avec Bédard?

— Celle qui fait de l'escrime?

— Ouais, c'est ça. Pas pire, hein?

— M'a dire comme toi, pas pire pantoute.

— Ouais... Marc?

— Quoi?

— Pourquoi tu penses que Carl y s'est suicidé?

Le regard de mon ami devint vague. Malgré toutes mes résolutions de regarder en avant, je n'avais pas pu retenir cette question. J'avais frappé Marc par surprise, le forçant à retourner sur un terrain difficile.

— Je sais pas, répondit-il en plissant le front. J'ai

pas voulu y penser, je… je sais pas. C'est… je, ben, aucune idée. Et toi?

—Moi? Je l'sais pas non plus. Pourquoi tu penses que je te l'ai demandé?

— En as-tu parlé aux autres?

— Ben, j'ai demandé à Philippe, pis y m'a répondu ben sèchement que Carl y'avait fait ses affaires, pis qu'on avait pas à en parler, qu'y fallait plutôt tourner la page. J'me suis même essayé avec Gab.

— Ç'a pas dû donner grand chose.

— Pas vraiment. Y s'est contenté de me dire que Carl c'tait un bon gars, pis qu'y fallait se rappeler de lui comme y'était l'année passée.

—*Weird*. Bon, ben faut que j'y aille. Matt y m'attend pour le tournoi de badminton. *See ya.*

— Salut, Marc.

Je le regardai s'éloigner, sachant très bien que le tournoi de badminton ne commençait que la semaine d'après. Je n'étais pas surpris : le suicide de Carl avait jeté un malaise dans toute l'école. Regarder les filles passer devant nos yeux nous évitait, à Marc et à moi, d'avoir à regarder à l'intérieur de nous.

Ce soir-là, incapable de concentrer mon attention sur quoi que ce soit, tourmenté par le manque de réponse, je décidai de rejoindre Marie-Ève à son travail. Je garai ma bicyclette contre le mur du restaurant et lui fit signe alors qu'elle s'occupait probablement de ses derniers clients.

— Salut, me dit-elle, tu voulais me parler?

— Oui. Tu finis-tu bientôt?

— Ben, j'vais finir tout suite tant qu'à faire. J'tais supposée faire du temps supplémentaire, mais chus trop fatiguée pour ça. De toute façon, Karine va pouvoir me remplacer, c'est tranquille. Où est-ce qu'on va?

— Dehors, si ça te dérange pas.

Nous nous installâmes sur un petit banc servant d'arrêt d'autobus municipal. Marie-Ève paraissait inquiète de ce que j'allais lui demander, juste à regarder mon air.

— Marie... Pourquoi tu penses que Carl y s'est suicidé? J'veux dire, y'avait changé, oui, mais c'est pas une raison. Y m'a dit qu'y'aimait une fille à Val-d'Or, mais y'était fait fort.

Elle soupira, leva les yeux vers le ciel avant de les poser sur moi.

— Je sais vraiment pas, François. Cette question-là, je me la pose depuis que j'ai appris la nouvelle, pis j'ai pas une maudite réponse. T'as raison, par exemple, ça peut pas être juste une peine d'amour qui l'a poussé à faire ça. Mais quoi? ça, je sais pas.

— T'as-tu parlé à Annabelle?

—Oui. En fait, a m'a pas répondu. Ça met tout le monde ben mal à l'aise, pis y veulent pas vraiment en parler.

— Même chose de mon bord, les gars y'ont rien dit. Ça m'écœure, j'voudrais comprendre.

—François, des fois penses-tu que t'aurais pu faire de quoi pour Carl?

— Tu veux dire écouter ce qu'y disait?

— Ouais. On dirait qu'y'essayait de nous passer un message.

— Entécas, on pourra pas le savoir maintenant. Hey, on rentre-tu? Y commence à faire frette.

— Ben raison. J'pense que j'vais aller prendre un café. T'en veux-tu un?

— Envoye donc. J'ai besoin de quelque chose qui me réveille.

— C'est vrai que t'as l'air ben fatigué.

—Ouais. J'dors pas bien ces temps-ci. Même que, commençai-je d'un rire sans joie, maintenant je me lève quand mon réveil sonne.

— Bizarre. Moi aussi je me lève plus tôt. Même les week-ends.

— *Wow!* ça s'en vient pas mal bizarre, dis-je dans un soupir.

Nous prîmes nos deux cafés sans dire un mot. Le silence était lourd, mais nous nous connaissions depuis trop longtemps pour que ça nous gêne.

—Tu fumes pas après avoir pris un café, toi? s'enquit mon amie.

— Non. J'ai arrêté depuis deux semaines. Je sais pas vraiment pourquoi. Je...

Je me tus, réalisant soudain que ma dernière cigarette remontait à la journée où j'avais appris la mort de Carl.

—C'est mieux d'même. Bon ben, j'vais rentrer, moi.

— Salut, Marie. Merci pour ton oreille.

— Bonne nuit. Essaye de bien dormir.

Elle disparut dans la noirceur de la rue Bower, marchant d'un pas rapide pour combattre le froid. Il se mit à neiger. Je sacrai parce que je n'avais pas de manteau, puis enfourchai ma bicyclette et pédalai avec vigueur jusqu'au parterre devant chez moi où j'abandonnai brutalement ma monture tellement j'étais congelé. Je secouai l'amas de neige sur mes cheveux, me déshabillai en vitesse et me couchai sous un monceau de couvertures.

Comme le sommeil tardait, je me mis à penser à Marie-Ève, à tous les moments heureux et tristes que nous avions vécus, aux confidences, aux promenades. L'image de Carl vint hanter mon esprit, puis ce fut un défilé de visages connus.

Cette nuit-là, je pense que je parvins à dormir un maigre deux heures, et elles furent envahies par un horrible cauchemar.

J'errais, désorienté. Mes cheveux, beaucoup plus longs que d'habitude, me bloquaient la vue. J'avais beau écarter les mèches de mes doigts, de nouvelles mèches rebelles entravaient sans cesse mon champ de vision. Des voix lugubres fusaient de toutes parts. Soudain, je perdis pied et tombai dans un trou béant. La chute fut longue et l'atterrissage douloureux. Je parvins enfin à voir où j'étais. Assis dans une flaque de boue, je vis quatre parois de terre humide et fraîchement découpée qui m'entouraient. J'étais dans une tombe! Une main m'agrippa brusquement le bras droit. Carl?

— Réveille-toi, me dit-il.

Je m'éveillai en hurlant à pleins poumons.

Chapitre 8 : Détachement

Novembre fila comme l'éclair et fit place à un décembre cruellement froid, enneigé et déprimant. La routine semblait avoir repris ses droits et nous gardait sous son emprise sécurisante. Ma santé, cependant, se détériorait. J'allais de grippe en grippe, d'insomnie en insomnie, ma fatigue minait mes performances scolaires, mes notes en mathématiques ressemblaient aux taux d'intérêt bancaires et je connaissais manquement par-dessus manquement.

Ironiquement, l'anglais était la seule matière où je brillais. Mes résultats oscillaient dans la bande de fréquences FM tandis que mon affection pour l'enseignant correspondait à ce que l'on éprouve quand on regarde du foie frire dans la poêle. Pierre Rajotte était au plus haut de sa forme, multipliant les attaques, les questions pièges et les bras de fer, accumulant les victoires à un rythme infernal. Son célèbre *I win!* résonnait continuellement dans les corridors du Collège, et sa réputation inspirait des cauchemars à une kyrielle d'élèves.

Pierre Rajotte n'était pas le seul à tenir une forme remarquable. Yannick Cardinal connaissait l'année de sa vie. Ses assauts étaient plus mordants que jamais et notre ardeur à le démolir avait faibli depuis la mort de Carl; il en profitait au maximum. Même si Philippe se chargeait de toujours lui faire ravaler ses paroles, nous n'y prenions plus plaisir. Le pire de tout, c'était que depuis la mort de Carl, mes amis et moi semblions nous détacher les uns des autres.

Quelques semaines avaient suffi à effriter notre groupe. Annabelle et moi ne nous parlions presque plus, nous contentant de nous saluer le plus souvent par un sourire à défaut d'avoir quelque chose à nous dire. Je ne voyais pratiquement plus Gabriel et Philippe en dehors des heures d'école, et nos échanges, en classe ou à la cafétéria, étaient brefs et évasifs. Je prenais même mes distances de Marie-Ève; nos discussions périssaient. L'écart qui grandissait également entre Marc-André et moi me peinait profondément. Un malaise inexplicable remplissait notre espace; deux aimants de charge se repoussant, voilà à quoi nous ressemblions.

Le sujet des beaux garçons n'allumait plus autant Annabelle et Marie-Ève à l'heure du dîner, Philippe et Gabriel avaient coupé court aux débats hilarants consistant à savoir où l'on pouvait trouver les meilleurs buvards (dans le cabanon du fameux Gilbert ou dans l'aiguisoir à crayons du toujours populaire Max?). Marc-André ménageait ses commentaires satiriques sur Untel ou Unetelle. Bref, notre groupe s'effondrait, au grand plaisir des éducateurs et surveillants à qui nous avions tenu tête depuis quatre ans.

On aurait dit que la mort de Carl avait sectionné

les liens qui nous attachaient, et je ne pouvais pas dire si c'était parce que nous étions découragés, en colère ou habités par la culpabilité. Nous n'osions même pas nous parler de nos difficultés mutuelles. Comble de malheur, je n'avais pas revu David depuis notre rencontre fortuite au métro Longueuil, et je ne pouvais me résoudre à déballer mon sac devant d'autres amis. En réalité, il ne me restait qu'une seule paire d'oreilles : Jocelyn Monette.

Ma relation avec lui, contrairement à celle que j'entretenais avec mes amis, s'étoffait. Nous discutions de tout. Il me parlait des années durant lesquelles il avait travaillé comme serveur dans un restaurant appartenant à la mafia montréalaise, et de ses beuveries avec ses amis, tandis que je lui racontais mes coups fumants, la douche à la Boomerang que nous avions donnée à Gabriel pour son anniversaire, par exemple, ou le crime passionnel que Marc-André, Carl et moi avions simulé dans un cours de français pour apeurer le prof.

Plus je le connaissais et plus je le trouvais sympa. J'avais même remarqué qu'une flamme s'était allumée entre lui et Anne Dubois. Mais comme c'était un sujet très personnel, je n'osais pas en parler.

Un midi pluvieux de décembre où j'avais l'impression de me noyer, je vins le trouver. Il était affairé à travailler sur quelques dossiers d'élèves posés sur son minuscule bureau en bois.

— Ah, François, je suis content de te voir. Entre.

— Salut, Joss. Ça va?

— Moi, je pète le feu, mais toi, par exemple, t'as l'air de quelqu'un qui vient d'apprendre que Fernand Gignac est son père.

— Oh, dis-je en riant, c'est plus sérieux que ça.

— Ça m'a l'air à ça. C'est quoi le problème?

— Ben, t'sais... depuis la mort de Carl, j'me sens comme si... Stie que c'est *tough* à dire. O.K., je me sens détaché de mes amis. J'me sens différent d'eux pis j'pense que c'est réciproque. Je leur parle plus autant qu'avant, j'ai tout le temps le goût d'être seul, j'pense sans arrêt à Carl. Le pire, c'est que mes amis... j'ai... je les trouve... je veux encore être ami avec eux autres. Ça me fait chier d'être en train de les perdre. Depuis que Carl est mort, ma vie est rendue bordélique en maudit. J'pense pus pantoute pareil. J'dors de moins en moins, pis j'arrête pas de penser aux bonnes choses que mes amis ont faites pour moi, pis j'me demande si j'en ai fait pour eux. J'haïs ça être de même. J'étais ben mieux avant. Tout était simple, tout était l'*fun*. Là, je peux pas faire un geste sans me demander pourquoi je le fais. C'est quoi qui se passe avec moi?

Il demeura silencieux, dans la même posture qu'il avait prise lorsque j'avais commencé à parler, le corps penché en avant, une main sur le bureau tandis que l'autre, repliée, tenait sa tête, l'index sur la tempe comme s'il réfléchissait. Son expression était douce et empathique.

— Ouais. J'm'attendais pas à ce que tu me dises une affaire de même, mais ce que tu ressens, c'est normal : l'impuissance, la colère, la tristesse, même la trahison. Pis y'a pas de solution magique pour faire un deuil. Ton deuil à toi est différent du deuil que font tes amis parce que les liens que tu as entretenus avec Carl étaient uniques. Tu vis ton deuil intensément pis t'as des amis qui vont peut-être faire comme si rien ne s'était passé, juste parce qu'ils ont peur d'être ridicules. L'important c'est de reconnaître tes sentiments et de voir les besoins qui se cachent derrière. Et le fait d'en parler, pas juste à moi, mais à tes proches et à tes amis aussi, ça va t'aider à apaiser ta douleur. La leur aussi. Tu parles de détachement, mais tu sais que la personne dont tu devras te détacher progressivement, c'est Carl. Assimiler son absence. Ne plus penser pareil, ça aussi c'est normal. Tu es en train de grandir à cause de ce que tu as vécu, de ce que tu vis. Juste le fait de t'interroger te force à grandir. La douleur, par contre, c'est temporaire.

— T'es sûr ? Parce que je me sens comme... comme si... Je l'sais pas comment je me sens. J'ai une foule de questions qui me viennent à la tête, j'ai pas de réponse, pis j'me sens perdu.

— François, les réponses vont venir quand tu vas pouvoir te concentrer sur autre chose que ta souffrance.

— Hey, ça m'aide pas ça... S'cuse.

—C'est correct. Je sais que ça fait ben quétaine, mais c'est la vérité. Personne n'a de réponse à tes besoins, et tes questions cachent sûrement des besoins. Mais continue d'en parler autour de toi.

—J'comprends ce que tu veux dire, sauf que j'suis encore ben mêlé en dedans.

—Ça va prendre du temps. Des semaines, des mois peut-être. Y'a juste toi qui peux régler ça. Ouf! Hey, c'tait *heavy* ça. *Shit!* lança-t-il après une pause. J'en ai sué un coup à parler de même. Ça donne faim tout ça.

—T'as pas bouffé? lui demandai-je, conscient qu'il voulait vraiment savoir si moi je me nourrissais correctement.

— Non. Ben, j'ai regardé à la cafétéria, c'tait un genre de chnoute orange avec des nouilles. Ark! J'pense que j'vais dîner à l'eau.

— Oh monsieur, nutritif!

— Ouais, c'est ça, mais c'est mieux que rien. Ça garde en forme.

— En forme? Ça fait pisser, c'est tout.

— Ben, justement... tu viens en forme à pisser.

La remarque était idiote et nous éclatâmes de rire. Je me sentais mieux.

— Merci ben, Jocelyn. J'apprécie en masse.

— C'est rien. Chus payé pour ça. Pas cher par exemple, mais payé quand même, ironisa-t-il.

Je le saluai et sortis de son bureau, encore porté par l'effet bénéfique du rire.

Le lendemain, 11 décembre, fut marqué d'un événement heureux. Mes amis et moi étions attablés à la cafétéria, confortablement assis à une table contiguë aux fenêtres, notre place attitrée pour l'hiver. Comme c'était le cas depuis un mois environ, nous mangions dans le quasi-silence occasionnellement entrecoupé d'un éternuement ou d'un commentaire sur les cours du matin. Mais ce jour-là, comme par un coup de la providence, notre discussion s'anima au point de dominer la cafétéria.

— Stie qu'y fait frette aujourd'hui.

— Ben, c'est l'hiver, mon Phil, lui fit remarquer Marc-André.

Nous rîmes de bon cœur, car il y avait bien longtemps que Marc-André n'avait pas formulé un de ses petits commentaires pince-sans-rire. En mastiquant énergiquement son poulet froid, Philippe répliqua :

—Ben, c'est pas ça que je voulais dire. Y fait comme plus frette que d'habitude. C'est genre t'sais...

—Normal, renvoya Marc-André, tu te promènes le bol à l'air. Anarchiste! Contestataire!

—Hey, toi pis ta tuque de pouilleux. Tu dois jamais geler, l'cave.

Cette fois, ce fut l'hilarité générale à table. Même Marie-Ève craqua un léger sourire.

—Ma tuque de pouilleux? Franchement, Phil, *check* Gab. Lui y doit avoir chaud avec son paquet de pompons.

— T'sais, c'est genre pas de ma faute, protesta Gabriel. C'est genre, Alex pis moi, on a fait un pari à savoir celui qui va avoir la plus grosse moumoute dans un mois. J'vas gagner, certain.

— Gagner, gagner, tu veux avoir le prix Fardoche?

Cette fois, nos rires éclatèrent avec une telle vitalité qu'ils se propagèrent aux autres élèves disposés à écouter nos idioties et avides de rire. Même Monsieur Rollie, notre surveillant, tendit l'oreille.

— Fardoche? C'est-tu genre le gars dans *Passe-partout?*

— Ben oui, Gab. T'as jamais r'gardé ça quand t'étais flo?

— Non. Moi, c'est genre je regardais *Goldorak.*

— Oh! oui, dis-je, c'tait *cool* ça. J'tais tout un *fan.*

—C'tait plate ça, répliqua Annabelle. Le plus *hot,* c'était les *Cités d'or.*

—*Cités d'or?* L'affaire des trois *kids* pis du perroquet? demanda Philippe.

— Oui, à peu près. C'tait *cool.*

— Peuh! Trois *boys,* un moineau vert qui faisait pic, pis des p'tits indigènes à moitié nus qui gambadaient pendant une vingtaine d'émissions. *Loo-ser!*

Cette description caricaturale de Marc-André envoya nos éclats de rire jusqu'au fond de la salle. Monsieur Rollie riait à pleines dents, sans doute heureux de voir la morosité prendre congé.

—Hey! Descends pas les *Cités d'or!* Y m'ont soutenue pendant mon enfance, dit Annabelle.

—Comment ça, t'avais pas de *chum*? demandai-je en lui faisant un clin d'œil.

— Ben sûr que j'en avais un, sauf que c'était pas comme aujourd'hui.

—Parlant d'aujourd'hui, dit Marc-André en adoptant un ton de journaliste radio, dites-nous, mademoiselle Annabelle, quelle est votre situation amoureuse actuelle?

— Gnochon. Je sors avec un joueur de football.

— Et son nom?

— Stan. C'est *cute*, non?

—*Cute, cute*, Troy, c'est ben mieux, déclara Marc-André.

— Le plus *hot*, c'est Philippe. Phil-hip! *Yeah!*

— Ta yeule, Phil le bol à l'air!

Et le restant du dîner continua dans les blagues, les anecdotes et les commentaires satiriques. Le nombre de spectateurs avait grossi. La mort de Carl, on s'en apercevait, avait secoué le Collège dans ses fondations, et de constater que la bande se retrouvait, même si elle pouvait être une menace en d'autres temps, et de savoir que la vie reprenait le dessus était aussi réconfortant pour eux que pour nous. Notre dîner exubérant nous avait servi à tous de thérapie.

—Pourquoi on fait plus des *partys* comme avant? demanda Annabelle.

— Qu'est ce que tu veux dire? demanda Philippe.

— Ben, me semble qu'avant, on se trouvait plein

d'excuses pour faire un *party,* pis là, plus rien. On devrait en faire un gros. Avec ben du monde.

— Ben, organises-en donc un, lui suggéra Marie-Ève avec un sourire plein d'espoir.

— T'sais genre, pour Noël, venez tous chez moi.

— *Cool.* Là tu parles, là tu parles, Gab.

— Correct. C'est genre m'a inviter la gagne à Alex, pis style le clan à Manu, pis d'autre monde.

— *Attaboy,* Gab! cria Marc-André en lui tapant dans le dos, tu prends une initiative. C'est bon ça!

— Ben, j'vas demander à Gilbert qui amène du *stuff,* pis ben de la bière.

— Ça marche pour moi, dis-je en bondissant sur mes pieds et en me frottant les mains, c'est pour quand?

— On finit le 19, répondit Marie-Ève, c't'un jeudi.

— Bon ben, les *boys* et les *girls,* quessé vous dites de samedi le 21? demanda Marc-André qui se leva à son tour pour exprimer son euphorie.

L'accord fut aussi unanime que rapide.

— T'sais, c'est genre chez nous, faque, j'vous attends, conclut Gabriel.

Nous quittâmes la cafétéria en riant et en nous taquinant, satisfaits d'avoir renoué. Le groupe semblait s'être ressoudé et son énergie jetait une lumière bénéfique dans l'école entière.

Chapitre 9 : Le réveillon des somnambules

— *Check* à côté du lampadaire là-bas.

— Hein? T'es malade!

— Non, pas le joueur d'accordéon. La fille qui attache son soulier. Hey, *baby*.

—Ah, beaucoup mieux. La meilleure à date. *Wow! Check* celle qui fait du *jogging* à côté du Van Houtte. Est malade, avec c'te température-là. Sauf que...

— *Jesus*, trop *hot*. Hey, y faudrait venir ici plus souvent.

— *You got that right.*

Nos cours s'étaient terminés la veille, et pour célébrer cette bénédiction, Marc-André et moi avions décidé de nous changer les idées dans le Vieux-Montréal. Le froid avait chassé la cohue. Notre choix porta sur un petit restaurant qui servait moult cafés et sur une banquette avec vue confortable sur la rue, ses mendiants dramaturges, ses gagnes, ses magasineurs professionnels et ses jolies passantes. C'était pour nous une mosaïque colorée et divertissante.

Les vacances de Noël étaient enfin arrivées comme un cadeau après une première moitié d'année beaucoup plus difficile que je n'aurais pu l'imaginer. Depuis ce fameux dîner thérapeutique à la cafétéria où le groupe avait en quelque sorte retrouvé ses esprits, j'avais décroché de meilleures notes. C'était à croire que le bien-être et le sentiment d'appartenance pouvaient influencer mes performances scolaires.

— Maudit qu'on est ben en vacances, déclarai-je en me calant avec délice dans la banquette moelleuse.

— Profites-en, on en a juste pour deux semaines.

— Trouble-fête!

— Ben quoi, on n'est pas pour faire des plans à long terme. N'empêche que t'as raison, on est ben.

— J'ai hâte à demain. Gab y t'a-tu dit qui y allait inviter?

— Ben, y va avoir la gagne à Alex, le clan à Manu, Gilbert pis Max vont être là, Cynthia Archambault va venir faire un tour. À part de ça, je sais pas, répondit Marc-André en se grattant la tête.

— Gab y m'a dit qu'y avait parlé à Valérie Anderson, pis que a serait là.

— *Yeah!* S'écria-t-il en frappant la table du poing. C'est trop *hot.* Stie, je capote! Elle va être là?

— C'est ça que Gab a dit. Ça va être un méchant *party.*

Les cafés que nous avions commandés arrivèrent, et nous les ingurgitâmes sans trop nous soucier du fait qu'ils étaient brûlants tellement nous étions emballés par notre sortie du lendemain. Il ne devait pas être plus de dix-neuf heures, et le restaurant se remplissait tranquillement. Las d'évaluer la gent féminine à travers une vitre et un rideau de neige qui allait en s'épaississant, nous commençâmes à jauger la clientèle du bistrot.

— La serveuse là-bas, est pas pire...

— *Check* la fille qui mange un muffin. Celle avec le chandail vert.

— Celle qui vient d'entrer, a vaut rien pantoute.

— La fille qui range la vaisselle, a l'a une belle paire.

Et nous continuâmes ainsi, notant les filles pendant une demi-heure, après quoi notre conversation porta sur les offres d'emploi affichées à La Bulle.

— On devrait les prendre, ça paye pas pire.

— Oui, mais travailler de nuit, ça vient épuisant en sacrifice.

— Ouais. Au moins, on serait sur le même *shift*.

Depuis quelques semaines, une pensée me tourmentait l'esprit et il était temps que j'en parle à Marc-André.

— Marc, j'ai pus le goût tant que ça d'aller en appart. Pour tout de suite je veux dire. J'me demande si c'était une bonne idée qu'on a eue.

— Ouais, je me disais la même chose. J'me sus même inscrit au cégep, au cas où.

— Toi aussi? *Shit,* où?

— À Édouard, en mécanique. Toi?

— Chus à Saint-Hyacinthe en sciences humaines avec mathématiques. Ben crisse, est bonne celle-là.

— J'pense qu'on a *rushé* nos affaires un peu trop.

— T'as parfaitement raison. Un peu trop.

— Entécas. On va changer de sujet, hein?

— Bonne idée. Pis, comment se porte madame du bus, votre nouvelle compagne.

— C'est fini depuis une semaine à peu près. J'tais tanné.

— Au moins t'as eu du *fun*.

— Oh pour ça, mets-en! On s'en va-tu?

— *Good idea*. Demain, on va veiller pas mal tard.

— *Oh yeah!* Pis si Valérie Anderson est là, *oh boy!* Ça va être tripant.

Nous réglâmes la note et sortîmes pour prendre le métro. De toute la soirée, il ne fut plus jamais question de l'appartement. Nous nous connaissions depuis assez longtemps pour nous contenter d'une entente tacite. Je rentrai chez moi et me couchai hâtivement, vidé par mon *sprint* scolaire.

Le lendemain soir, j'étais fin prêt pour le *party* chez Gabriel. Tel un soldat se préparant à un assaut, je trépignais nerveusement, passant d'une pièce à une autre pour m'occuper l'esprit. J'attendais Marc-André et Marie-Ève; elle devait nous servir de conductrice pour nous rendre à la soirée. Comme je sortais de la maison, Marie-Ève se garait dans mon entrée. Il était dix-neuf heures trente. Je m'engouffrai dans sa voiture, à côté d'elle. En arrière, à ma grande surprise, Marc-André discutait avec Émilie Morin. Je posai des yeux inquisiteurs sur Marie-Ève.

— A voulait venir parce qu'elle a le *kick* sur Alex.

— Ah! Ça explique tout. Hey, *buddy,* t'as la bière?

— Oui. Boomerang, Sleeman pis Angus.

— An-quoi?

—Angus. Je sais pas trop c'est quoi. C't'une nouvelle bière.

— On va voir à soir si a passe le test.

— En tout cas, l'emballage est laitte en calvâsse!

Sur ces belles paroles, nous sortîmes de l'entrée pour nous enfoncer dans la noirceur des rues du quartier. Ce soir-là, on pouvait sentir la morsure de l'air froid. Le bulletin météo nous avait annoncé de fortes chutes de neige, mais le ciel ne laissait rien deviner pour le moment. Je pouvais même voir des brochettes d'étoiles scintiller, comme des feux de joie allumés juste pour nous.

— Tu sais-tu comment te rendre chez Gab, Marie?

—Oui. Y'est sur la rue à Christine, l'amie d'Annabelle.

Le trajet dura une quinzaine de minutes et fut joyeusement agrémenté d'un palmarès de chansons de Noël à la Marc-André, de quoi nous plonger dans l'esprit d'un *party* chez Gabriel. Imitant la multitude d'invités déjà arrivés, Marie-Ève stationna le long du trottoir, à quelques maisons de celle de notre ami. Nous pouvions déjà entendre la musique, les cris, les rires et le tintement des bouteilles traverser les fenêtres.

—On les entend donc ben fort, fit remarquer Marie-Ève.

—Gab doit avoir ouvert les fenêtres du sous-sol en arrière, répondit Marc-André, c'est par là qu'y faut entrer.

—Hein? Comment ça?

—Ben, j'imagine que c'est parce que c'est plus vite de même. Ça donne direct dans le salon du sous-sol.

Nous fîmes le tour du terrain, guidés par Marc-André, et aboutîmes devant une large fenêtre d'où nous pouvions apercevoir plusieurs connaissances du Collège.

Marc-André s'assit sur le rebord de la fenêtre, jambes pendantes à l'intérieur, et se laissa tomber comme un parachutiste hors d'un avion.

—*Party time!*

Je lui refilai les caisses de bière, puis j'aidai Marie-Ève et Émilie à faire le saut à leur tour.

—J'viens de voir Alex, dis-je à l'intention d'Émilie, une fois que je me trouvai à l'intérieur. Y'est à côté de la table de pool.

Elle m'offrit un sourire de gratitude, puis suivit Marie-Ève. Le sous-sol de Gabriel, décoré sommairement d'une télévision, d'une table de billard et de quelques divans, était bondé. Des rideaux de fumée de cigarette filtraient l'éclairage. Je me mis à la recherche de Gabriel et, longtemps plus tard, le trouvai par terre, adossé à un sofa, discutant avec deux de ses amis. Je m'agenouillai pour mieux lui parler.

—T'sais, c'est genre y'a plus de monde que je pensais, faque c'est style ben *good*, me lança-t-il. Anderson est là.

— *Cool*. J'vas dire ça à Marc. Pourquoi tu nous as fait passer par les fenêtres, Gabriel?

— C'est genre, ça fait *cool*.

Comme j'allais continuer mon chemin, Gabriel m'empoigna gauchement par le genou. Ses paroles et ses gestes disaient qu'il avait déjà beaucoup bu et fumé.

—Va voir Gilbert. C'est genre y donne des buvards gratis. Profites-en, *man*.

En allant rejoindre Annabelle à la table de billard, je croisai Angie qui me confia être heureuse de nous avoir vu de nouveau rigoler à la cafétéria quelques jours plus tôt. J'en fus heureux, comme si elle me confirmait que le mauvais sort était conjuré.

— Chus contente que tu sois venu, François, me dit Annabelle. Faut que je te présente John.

—Salut, John, dis-je en me faisant la réflexion qu'il avait plutôt l'air préoccupé par le décolleté de sa blonde que par les amis de sa blonde.

—Salut, *man,* ça file? Noël, estie! se borna-t-il à dire.

—Ben oui, c'est ça, ajoutai-je, un faux sourire crispé aux lèvres. «Pas un autre *chum* de même», pensai-je.

—Annabelle, demandai-je après un bref silence, as-tu vu Phil?

— Non. J'pense que y'est pas encore arrivé.

D'un signe de la main je les saluai, laissant John à sa contemplation de la poitrine d'Annabelle, et me retrouvai de nouveau dans une jungle de visages dont beaucoup m'étaient inconnus.

Un peu plus loin, Marc-André se livrait à un concours de bière et, s'il avait l'air un peu éméché, les êtres rassemblés autour de lui étaient carrément ivres. Comme chaque année, il soulignait ses victoires par une petite danse originale où se succédaient la nage du poisson, la marche de l'autruche et le saut du singe.

—Toujours invaincu, me dit-il de bonne humeur, tout en me tendant une bière.

—Excellent, *man,* mais merci, pas de bière pour l'instant. T'as-tu vu Phil?

—Pas de bière? grimaça-t-il, surpris. C'est quoi que tu y veux à Phil?

—Ben c'est Noël, pis j'ai souhaité joyeux Noël à tout le monde sauf à lui.

—Correct, ça. T'as-tu vu Valérie Anderson?

—Non. Gab y m'a dit qu'elle était là, sauf que je l'ai pas vue. Fais le tour, c'est sûr que tu vas la trouver.

—*Cool.* Salut, *man.* À tantôt. Hey, c'est-tu Marie-Ève qui nous ramène?

—J'pense que oui. M'a y demander tantôt. De toute façon, on va pouvoir quêter un *lift.*

Je le laissai retourner à son tournoi et refis le tour

du salon, m'arrêtant ici et là pour saluer quelqu'un ou pour accepter une bouffée de joint ou un verre de mixture indescriptible, un de ces mélanges personnalisés qui font la surprise des *partys*. La soirée s'écoula sans que cela ne paraisse et, bientôt, le sous-sol de Gabriel commença à se vider. Je rigolais depuis peut-être une heure avec deux gars de la gagne à Alex quand mon regard s'arrêta sur une paire de jambes au travers de la fenêtre par laquelle nous étions entrés plus tôt.

—Y'a-tu quelqu'un dehors par ce froid-là? demandai-je à mes deux compères.

—Hein? Oh, c'est peut-être Philippe, on l'a vu sortir tantôt.

—Ah, j'vas aller voir. Si c'est lui, faut que j'y parle.

Je sortis par la fenêtre, avec toute l'agilité de quelqu'un qui a pris un verre de trop, et me retrouvai dehors, en veste légère, un 21 décembre, à une heure du matin. Philippe était debout face au mur de la maison qui était recouvert d'un pan de glaçons. On aurait dit une vitre dépolie de salle de bains. Il avait l'air hypnotisé par son haleine qui s'y frappait, et son regard était perdu dans le flou de sa réflexion sur la glace.

—Phil, dis-je sur un ton qui ressemblait à une interrogation.

Il tourna la tête vers moi et s'adossa au mur. Je ne l'avais jamais vu dans un pareil état. Le froid avait rougi et durci son visage et ses yeux étaient injectés de sang. Il serrait les poings et les mâchoires contre un ennemi invisible. Pendant un instant qui me parut interminable, il me dévisagea puis me reconnut.

— Quessé tu fais ici?

— J'te cherchais, Phil. Mais pourquoi t'es pas au *party* avec nous autres?

— C'pas de tes crisse d'affaires.

— S'cuse moi, j'voulais pas...

—C'pas grave, je m'excuse. Je... Sa voix, hésitante, était pleine de tristesse. Chus pas moé ces temps-ci.

— C'correct. Veux-tu qu'on rentre, Phil?

— Y m'a même rien dit.

— Qui ça? De quoi tu parles, Phil?

— Carl. Y'avait des problèmes, pis y m'a rien dit. Y me devait ben ça! J'étais son meilleur *chum*. J'aurais pu l'aider, me semble. Y'a parlé à personne, pis y s'est sacré en bas d'un pont, estie. Y'avait pas le droit de faire ça, pas l'droit!

Sa voix résonna, trouvant écho sur les plaques de glace et les bancs de neige. Il monologuait.

—On sait pas pourquoi Carl y'a fait ça, dis-je, mais y faut plus perdre notre temps à chercher une réponse. On la trouvera probablement jamais.

— Mais ça m'gosse. Depuis que Carl y'est pus là, chus pus pareil. Chaque fois que j'arrive pour prendre de quoi, un joint ou un buvard, j'pense à lui. J'peux même pus boire d'la bière, crisse. L'autre jour, j'ai pris une *fight* avec un gars, pis j'tais en plein milieu d'y casser la yeule quand j'ai trouvé qu'y faisait pitié, faque je l'ai laissé partir. J'ai jamais fait ça avant. Mais c'est pas ça le plus chiant. J'me suis déjà pété le nez, le bras gauche, le pied gauche, fendu les lèvres, les joues, pis cassé des côtes. Y'a des soirs, je voyais plus où j'marchais tellement j'pissais l'sang. Ben même toutes ces fois-là, j'ai jamais eu mal comme à c't'heure. J'me lève le matin, pis chus tout croche. Je me couche le soir, pis j'pense à Carl, pis là j'ai le goût de brailler en sacrament, pis chus même pas capable. Ça veut pas sortir. J'me sens comme si... comme si...

Il poussa un grand cri exaspéré et se mit à frapper de ses poings le mur couvert de glace. L'épaisse couche opaque craqua sur le mur de briques, faisant voler partout des éclats vitreux. Épuisé, il se laissa tomber par terre, à genoux. Deux coulées de sang maculaient la neige.

— T'es blessé, Phil, dis-je en m'avançant vers lui d'un pas hésitant, craignant que son accès de colère ne reprenne.

—Ça me dérange pas. J'aime ben mieux avoir mal aux mains que icitte, dit-il en se frappant la poitrine.

Il se releva, encore essoufflé, essuya la sueur qui perlait sur son front, se barbouillant par le fait même le visage de son sang, et donna quelques coups de pied dans la neige dure.

—M'a te dire une affaire, François, y'a des fois, chus t'écœuré en tabarnak d'être moi. J'voudrais vraiment crisser le camp de ma tête.

Avant que je ne puisse répliquer quoi que ce soit, il tourna les talons, enjamba la clôture de fer bordant le terrain de Gabriel, et disparut au milieu des arbres chargés de neige. Je restai cloué sur place, la bouche ouverte, les yeux exorbités, abasourdi de ses dernières paroles. Transi de froid, je retournai dans le sous-sol, croisant quelques invités sur le départ.

Il ne restait plus que quelques personnes; Marc-André continuait son vain tournoi de boisson et Gabriel sommeillait sur la table de billard. Je retrouvai Marie-Ève et la pris à l'écart.

— On s'en va-tu? lui demandai-je, j'commence à être ben fatigué.

— Moi aussi. On va aller dire salut à Gab, pis on lève le camp.

— Bonne idée. Annabelle est-tu partie?

— Ouais. Elle est allée fêter ailleurs avec John.

— O.K., m'a aller chercher Marc-André.

— C'pas nécessaire. Y m'a dit qu'y reviendrait demain matin.

— Pis Émilie?

— Elle, on la ramène par exemple.

Après avoir souhaité un joyeux Noël à Gab qui reprenait difficilement ses esprits au milieu de quelques bouteilles vides, nous ressortîmes tous les trois par la fenêtre. Il avait commencé à neiger dru. Marie-Ève reconduisit d'abord Émilie, puis me ramena chez moi.

—Voilà. Une chance pour toi que j'ai pas parti mon *meter*.

— Gratteuse!

— Faut ben gagner sa vie.

— Veux-tu rentrer prendre un café?

— T'étais pas fatigué, toi?

—Ouais... J'pense que dans l'fond, j'avais plutôt envie de partir de là.

— Toi aussi? *Good*, mais j'pense que j'vas rentrer pareil, je serais de mauvaise compagnie.

— Alors bonne nuit, pis joyeux Noël, Marie.

Je l'embrassai et sortis dans la froideur de la nuit. Marie-Ève me lança encore quelques mots par la vitre d'auto qu'elle avait baissée.

—François, je... Merci d'être venu au *party* avec moi.

— Ben de rien, Marie, voyons. Ça m'a fait plaisir. Et merci pour le *lift*.

— Moi aussi ça m'a fait plaisir. C'est l'*fun* qu'on soit aussi proches.

— C'est vrai hein? Moi aussi j'aime ça.

Il y eut un silence, comme si nous nous retenions d'ajouter quelque chose. Je pensai à ce qu'elle venait de dire. Qu'entendait-elle au juste par «proche»? Voulait-elle souligner que nous étions plus proches que de simples amis ou que nous habitions à proximité l'un de l'autre? Je ne savais pas comment le lui demander.

— Bon ben, salut, François, dit-elle.

— Bye.

Elle remonta la vitre, et sortit lentement de l'entrée. Je regardai les feux arrière s'éloigner dans la nuit en m'interrogeant sur ce que j'aurais pu lui dire de plus.

La fatigue s'étant dissipée, je m'installai devant un film de Noël intéressant, mais que je ne trouvais pas très original sur le plan cinématographique : *Scrooge*, mettant en vedette Bill Murray. Je m'endormis à cet endroit en pensant à Marie-Ève, me demandant si elle était bien rentrée. Ma soirée n'avait pas été aussi satisfaisante que je l'aurais voulu, mais j'étais incapable de dire ce qui y manquait.

Le grésillement de la télé à l'écran vide d'images et neigeux me réveilla en sursaut. Je devais être en train de rêver, car je m'écriai :

— J'peux pas le voir!

Le reste de ma nuit fut blanche. J'étais aux aguets, comme si un prédateur me guettait.

LIVRE 2
LA BRUME SE DISSIPE

Chapitre 1 : Retour pénible à
une réalité douloureuse

Les vacances de Noël durèrent le temps d'un rire. D'un rire jaune, dans mon cas. Depuis le *party* chez Gabriel, pas une journée ne passa sans que je me torture de questions, que je pense à Carl, à Philippe, à Marie-Ève... et à David également que je n'avais pas revu depuis un long moment. Et j'aurais bien voulu avoir le numéro de Jocelyn Monette.

Pour la première fois de mon existence, les réjouissances du temps des fêtes avaient creusé un vide morose. J'avais désespérément cherché de l'eau dans une source asséchée et, maintenant, j'étais à sec de tout. Et ancrée dans mon souvenir, comme un tatouage, l'effusion de tristesse de Philippe.

Pendant deux semaines, je n'avais pas eu de contact avec mes amis, à l'exception de deux appels de Marc-André : le premier, au lendemain du *party* quand, furieux, il m'avait injurié en me demandant pourquoi nous l'avions largué dans une poubelle au Dunkin' Donuts; le deuxième, pour se confondre en excuses après avoir appris qu'il avait dormi dans cette poubelle pour gagner un pari lancé par Mathieu alors que Marie-Ève et moi étions déjà partis. Il avait peut-être gagné son tournoi de boisson et son pari, mais il avait en revanche dû admettre avoir totalement perdu la carte.

L'ennui avait pesé sur moi, même en passant les vacances à flâner comme j'en avais ardemment rêvé. Mes questions sans réponse me travaillaient et je fus presque soulagé de me lever tôt le matin du 7 janvier pour prendre l'autobus.

Si le trajet vers l'école était plutôt ennuyeux en automne, il était insupportable en hiver. Le véhicule était surchauffé, la neige que nous transportions fondait un peu partout et les manteaux, tuques et gants sentaient le chien mouillé.

Marc-André et moi retrouvâmes notre bande d'amis assis près des fenêtres de la cafétéria, la mine défaite. Ils nous renvoyèrent tout juste notre salut avec quelques signes de la main.

Et dire que je m'étais fait une joie de les revoir. Marie-Ève regardait dehors et la tristesse se lisait dans ses yeux. Annabelle jouait distraitement avec ses longues boucles noires, l'air détaché de tout. Philippe paraissait aussi fatigué que lors du dernier *party*. Il suivait du regard les élèves en transit et remuait mollement les lèvres en marmonnant je ne sais quoi. Il ne s'arrêtait que pour contempler ses deux cicatrices aux mains. Gabriel avait la tête dans son baladeur, le visage inexpressif. Marc-André s'était mis à observer Valérie Anderson qui discutait avec ses amis à proximité, mais il avait oublié de faire cas de sa présence.

— J'ai lâché John, annonça Annabelle sans s'adresser à quelqu'un en particulier.

— Déjà? répliqua Marc-André par réflexe.

— Ben quoi? C'était pas le bon, c'est toute! Pis à part de ça, t'as pas à t'en mêler, chose. C'est pas de tes estie d'affaires.

— C'correct. T'as pas à frustrer! C'tait rien qu'une *joke*, pis je te l'ai déjà faite avant pis t'as jamais réagi de même. Franchement.

— Chus p't'être tannée de les entendre tes commentaires plates.

— Ben dis-le pus que t'as sacré ton *chum* là.

— Hey, les nerfs Annabelle! dis-je avec un semblant d'autorité. C'est quoi qui se passe? On a jamais fait ça avant.

— Ta yeule toi aussi, François, me lança-t-elle, essaie pas de sauver le monde.

— J'essaie pas de sauver l'monde, j'veux juste savoir pourquoi on est rendus là. Depuis que Carl y'est pus là on...

— Arrête avec Carl! cria-t-elle cette fois. Y'est pus là, c'est toute. T'as pas à nous casser la tête avec toutes tes questions. Tu pourrais aller les poser à ton nouveau copain Jocelyn. Qu'est-ce que t'en penses?

Cette remarque pleine de dédain et de réprobation me blessa profondément. C'était comme si elle m'accusait de trahir mes amis quand je me confiais à Jocelyn Monette. Je ne savais pas si elle m'en voulait de fraterniser avec un prof ou de ne pas me satisfaire de notre semblant de soutien mutuel.

— Là, Annabelle, tu y vas un peu trop fort, dit Marc-André avec gravité, relaxe quand même.

—Moi, j'trouve pas que j'exagère. Même que j'pense que...

— Farmez tous vos yeules, crisse! rugit Philippe.

Son cri de colère nous plongea dans le silence, un silence qui s'étendit aux tables voisines. Philippe, la tête baissée, paraissait à la veille d'exploser et sa requête fut aussitôt exaucée. Je me tus, me contentant de le fixer avec surprise tandis que Marc-André manifestait son étonnement en se laissant retomber contre le dossier de sa chaise. Annabelle gardait la bouche grande ouverte et, sous ses airs offensés, avait la larme à l'œil, à l'instar de Marie-Ève. Gabriel avait enlevé ses écouteurs sous l'effet de la surprise et tentait de masquer son malaise en se concentrant sur la pochette de son disque compact.

— S'il vous plaît, continua Philippe plus calmement, on pourrait arrêter ça.

— Hé! on dirait que la bande de tapettes a des problèmes! fanfaronna une voix derrière nous.

Yannick Cardinal, les mains sur les hanches, nous défiait du regard, tandis qu'une vaste majorité d'élèves avait brusquement interrompu leurs occupations pour suivre l'affrontement qui s'amorçait. Profitant de la vulnérabilité de notre groupe,

Yannick se lançait à l'attaque pour nous ridiculiser.

— Toé, ta yeule le *twit*, hurlai-je en détournant mon regard de lui avec dédain.

—Ben quoi? C'est pas vrai? Y'a comme d'la chicane dans la cabane.

— Yann, farme-la ou j'te balance ma chaise par la tête, menaça Marc-André.

—Oh! j'ai peur, ricana Yannick sur un ton moqueur, tout en reculant d'un pas.

— Je niaise pas, Yann. Ta yeule.

—J'ai pas d'ordre à recevoir de personne. Pas d'un sale comme toi, ni de ta blonde, dit-il en me regardant, pis certainement pas d'un bol rasé comme Phi-phil.

Je bondis sur mes pieds tandis que Marc-André fonçait déjà sur notre assaillant. Il n'eut le temps de faire que deux pas qu'il fut rejeté sans ménagement sur sa chaise par Philippe.

— Non! Laissez-le faire, lança-t-il.

Je restai cloué sur place et vis que Marc-André avait résolu de ne pas contrarier Philippe, mais il mitraillait toujours Yannick du regard. Celui-ci avait reculé de quelques pas, et une peur authentique avait effacé toute trace de défi de son visage. Il nous regardait, hébété, et le parut encore davantage lorsque Philippe se dirigea vers lui. Cent personnes retinrent leur souffle en même temps.

— Yann, dit Philippe en le toisant du haut de ses six pieds trois pouces, sacre ton camp. Chus tanné d'être obligé de te casser la yeule chaque semaine parce que t'es rien qu'un pauvre con sans avenir, O.K.?

Sans attendre la réplique, Philippe retourna s'asseoir et replongea dans ses pensées. La cafétéria recommença à murmurer. Yannick passa une main sur ses cheveux gommés, comme pour se donner de l'importance.

— Vous êtes rien qu'une bande de caves.

Content d'avoir pu placer le dernier mot, il s'éloigna, nous laissant à notre malaise obscur. Il venait de remporter cette bataille, nous avait insultés avec impudence et n'avait récolté qu'une réprimande. Ce fut le carillon qui nous sortit subitement de nos pensées et nous obligea à monter en classe, toujours emmurés dans nos réflexions.

L'avant-midi fut ennuyeux à souhait; des cours vides, des exercices futiles, une tension entre nous qui devenait palpable et nous privait de nos traditionnels échanges amusants. Lorsque le dîner arriva, c'est avec réticence que je me dirigeai vers la cafétéria.

— François! Attends une minute.

Annabelle se tenait près des escaliers, tortillant une de ses boucles noires entre ses doigts.

—Qu'est-ce qui y'a? demandai-je, sur mes gardes.

— J'voulais juste, t'sais, m'excuser pour tantôt. C'tait pas vrai ce que je t'ai dit, pis j'voulais te dire que je suis désolée.

— Correct. Moi aussi j'm'excuse.

— Pourquoi?

—Laisse faire, j'me comprends. T'as-tu parlé à Marc-André?

—J'y vais là. Entécas. S'cuse encore. J'voulais surtout pas te blesser.

—C'est correct, t'en fais pas. À tantôt.

Comme j'enfilais le corridor vers la cafétéria, un «ouch, tabarnak!» résonna et je reconnus la voix tonitruante de Philippe. On pouvait facilement imaginer que quelqu'un allait avoir des problèmes.

Je vis alors que Frédéric Goulet, un élève de secondaire deux, avait dû frapper Philippe par inadvertance en voulant peut-être se rendre en vitesse à un cours. À voir la posture de mon ami, le jeune Goulet l'avait heurté au genou avec son sac d'école. Il était maintenant terrifié par la réaction imminente du colosse dont la réputation de cogneur impitoyable en avait fait trembler plus d'un depuis des années.

Le visage rouge de colère, Philippe chercha des yeux son agresseur qui s'était maintenant réfugié derrière une porte de classe. Seul le sac à dos dépassait du bouclier improvisé. Dès qu'il eut repéré le jeune écervelé, il se rua sur lui, l'empoigna au collet pour le sortir de sa cachette et le plaqua contre le mur, les pieds ballants à quelques centimètres au-dessus du sol. Le jeune Goulet, dont le visage était devenu couleur craie, grimaçait de peur dans l'attente des coups, devant une foule d'élèves. Mais au lieu de le rouer, Philippe inspira profondément et le déposa avec douceur.

— Hey, fais attention où tu vas, sinon tu vas faire mal à quelqu'un.

Philippe repartit en direction de la cafétéria, laissant sa jeune victime ébranlée glisser mollement par terre comme si ses jambes étaient en coton. Il y eut quelques rires et commentaires sarcastiques.

Le dîner se passa en silence. Le silence. Cette créature insidieuse et maléfique rôdait autour de nous depuis la mort de Carl, à qui il m'arrivait même d'en vouloir maintenant. Le silence nous privait de nos joies, de nos conversations, du privilège de notre relation auparavant unique. Ma haine pour le silence grandissait. Je n'avais jamais cru qu'il puisse nous vaincre, nous, une bande si étroitement liée.

Que pouvait-on faire contre le silence, contre le détachement, contre la peur? Je nous voyais déroutés par notre fragilité, tentant désespérément de garder la tête haute tout en sachant qu'il était impossible de revenir en arrière, de vivre comme avant. Avant.

Force nous était d'admettre que les événements nous avaient transformés, et j'avais l'impression de dériver loin de mes amis avec qui j'avais pourtant passé le plus clair de mon temps depuis des années, avec qui je n'avais pas eu à me soucier du monde, des difficultés ou de l'avenir.

— J'ai hâte que c't'hiver-là finisse, laissa tomber Marie-Ève qui me sortit de ma rêverie.

— Et moi donc, dis-je tout bas.

— *You got that right,* renchérit Marc-André.

—C'est trop long un hiver quand on est réveillé, ajoutai-je pour moi-même sans me rendre compte de la portée de mes paroles.

Chapitre 2 : Attaque sauvage

Quelques semaines plus tard, un événement inattendu me redonna espoir. Depuis ce fameux midi où le silence nous avait vaincus, ma vie avait pris une tournure désastreuse. J'avais perdu le courage de me confier à Jocelyn, je n'avais personne à qui parler de mes craintes et, comble de malheur, nous avions dû changer de place en classe, brisant les derniers fondements de notre unité.

Marc-André avait reculé jusqu'à la rangée du fond, Philippe se trouvait maintenant au beau milieu de la classe, dans une mer d'indifférence, Annabelle faisait face au bureau du prof, Gabriel avait déménagé latéralement de trois bureaux, et Marie-Ève, qui avait toujours été à mes côtés, s'asseyait maintenant au milieu de la colonne proche du mur avec fenêtres. J'étais, quant à moi, posté au bureau donnant sur la porte. Consigne de prof.

Par une journée grisâtre du mois de janvier, il fallut un incident fâcheux pour porter un coup au silence. Ce jour-là, Pierre Rajotte s'était mis en tête de démolir Marie-Ève. Pourquoi ? Je n'aurais pas su le dire, car ses accès de colère semblaient tomber sur les élèves au hasard.

Pierre Rajotte était tout simplement un opportuniste motivé par son désir de supériorité. Ses gestes n'étaient pas calculés d'avance, mais cela n'atténuait en rien l'impact de sa charge. Cet après-midi-là, au moment même où il mit les pieds dans la classe, je perçus chez lui une grande frustration qui ne présageait rien de bon. Le carillon sonna l'alerte.

— *Hello people. Today, we're going to do something a little different. We're going to talk about boys and girls and how they feel about each other. Let's start with... Max! Ha ha! You were sleeping, you lazybones. You've earned yourself a detention. All right, how about Mary-Eve! You like boys, right?*

— *Euh... well... yes. I mean...*

— *Which one in particular?*

— *No. I don't like one in...*

— *So you like them all! Do you have twenty boyfriends, then?*

— *No I...*

— *If you like boys, you must like one more than the others. Which one? Is it Max? Or Chuck maybe?*

— *Please stop, sir.*

On aurait dit qu'elle avait pleuré sa requête. Elle n'avait jamais eu le tempérament d'un bouledogue et constituait par conséquent une cible facile. Je ressentis un grand malaise pour elle. J'avais beau m'être résigné aux sautes d'humeur de mon professeur d'anglais, il s'attaquait aujourd'hui à ma meilleure amie. Le loup s'était approché de la brebis et la dévisageait sans retenue.

—*Answer me, Mary-Eve. We are here to learn about each other. Go on.*

— *Sir, please.*

— *Come on, you know I don't like to wait!*

Sa détermination à la frapper me pétrifiait. Même si je craignais d'en subir les conséquences, j'étais décidé à faire fi de la règle qui dit qu'on ne peut rien contre un prof pendant qu'il dirige sa classe. Je voulais sauver mon amie de ce que je considérais être une injustice. Par bonheur, j'aperçus Jocelyn Monette qui marchait tranquillement dans le corridor, en lisant des notes. Comme s'il avait senti un regard peser sur lui, il leva la tête, et m'adressa un sourire. Son expression se changea en inquiétude lorsqu'il vit mon air bouleversé. De la tête, je lui fis signe d'approcher et il observa la scène quelques instants, alors que Pierre Rajotte répétait ses questions sur un ton lourd de menace. Marie-Ève avait les larmes aux yeux.

— C'est quoi son nom? formula Jocelyn du bout des lèvres.

—Marie-Ève, soufflai-je à voix basse, content finalement d'être posté près de la porte.

Il fit craquer ses jointures et frappa le cadre de la porte de son poing pour signaler sa présence à Pierre Rajotte, qui se retourna et défia l'intrus. Jocelyn Monette soutint la fusillade en se parant d'un sourire poli.

—J'aimerais parler à Marie-Ève en privé quelques minutes, si ça ne vous dérange pas trop.

—*Could you wait a few minutes,* monsieur Monette? *We're busy now... And how's your English by the way?*

— *Just fine, thank you for asking.* Mais j'aimerais lui parler tout de suite, c'est important.

— C'est parce qu'on est en pleine discussion.

Attention, lorsque Pierre Rajotte parlait en français dans sa classe, il valait mieux prier. Il vint se planter devant Jocelyn Monette comme un boxeur qui en salue un autre avant le début d'un match. Sa rage était contenue, mais ses poings serrés le trahissaient, ce qui détonnait avec l'attitude de Jocelyn dont le calme surprenait, même s'il devait bien se douter que la confrontation allait répandre une traînée de poudre.

—Il faudrait que je lui parle tout de suite, répéta-t-il d'une voix neutre.

—*Very well.* Tu peux y aller, Jocelyn.

Jocelyn Monette inclina la tête en signe de respect, comme un karatéka salue son adversaire, et s'approcha de Marie-Ève.

—Tu viens? lui demanda-t-il doucement.

Marie-Ève se leva, tremblante, et se dirigea vers la porte, non sans jeter un regard apeuré vers Rajotte.

—*It's OK, Mary-Eve. Go ahead. We'll resume our discussion later.*

Jocelyn passa un bras autour des épaules de mon amie et ils s'éloignèrent dans le corridor, suivis des yeux par Rajotte. Je me sentais rassuré de savoir Marie en lieu sûr pour le restant du cours et jetai un œil à Marc-André. Il fixait son bureau, le visage animé d'un doute profond. Bien qu'il prît quelquefois parti pour Pierre Rajotte, il paraissait troublé de l'avoir vu attaquer gratuitement une fille au comportement irréprochable. Pierre Rajotte alla s'asseoir à son bureau, et nous donna de quoi travailler dans notre livre pendant qu'il mûrissait visiblement une vengeance. Il s'absenta quelques minutes, ce qui, à mon sens, n'augurait rien de bon. Lorsque le calvaire prit fin, nous nous ruâmes chez Jocelyn. Il buvait à la fontaine non loin de son bureau.

— Marie-Ève est-elle encore dans ton bureau?

—Oui, mais elle a besoin d'être seule pour le moment.

—Correct. Mais y va falloir qu'on lui parle bientôt, dis-je en m'appuyant contre le mur.

Jocelyn sentit mon inquiétude sincère pour elle.

— Relaxe, François. Elle va bien.

—Merci pour ce que tu as fait tantôt, dis-je, content d'avoir un allié.

— De rien voyons. C'est un peu ma *job*, après tout, de vous sortir du trouble.

— Ou d'empêcher les autres d'en faire. L'hostie! ajouta avec rancœur Annabelle.

—Il faut pas parler de monsieur Rajotte de même. On peut avoir ses opinions, pis elles peuvent être fondées, rajouta-t-il sur un ton plus bas, mais il faut rester respectueux.

— C'est *tough*, par exemple.

—Ouais. Entécas, votre journée est finie. Rentrez, vous appellerez Marie-Ève ce soir.

Mes amis ne demandèrent pas leur reste et prirent rapidement les escaliers, en lançant un dernier merci à Jocelyn. J'allais faire de même quand il posa sa main sur mon bras et me fit signe de prendre le chemin de son bureau.

— François, si j'ai demandé aux autres de partir, c'est que Marie-Ève m'a dit qu'elle préférait ne parler qu'à toi. Vous êtes de bons amis et ça paraît.

—C'est vrai qu'on est proches.

— Bon, faque énerve-toi pas avec ton bus, je vais aller te reconduire. Va la voir, pis prends le temps qu'il faut. Moi faut que j'y aille.

— Où?

—Aller voir monsieur Truffaut, pis monsieur Rajotte. J'ai été convoqué.

— C'est-tu sérieux?

— T'en fais pas avec ça. Va voir Marie-Ève.

Je poussai en hâte la porte de son bureau. Marie-Ève était assise sur le lit réservé à l'infirmerie, dans la petite pièce d'à côté, la tête dans les mains. Elle leva la tête et je vis qu'elle avait beaucoup pleuré.

— Salut, me dit-elle timidement.

— Comment ça va? demandai-je en m'asseyant près d'elle.

— Mieux que tantôt. Jocelyn m'a dit ce que t'avais fait. J'te remercie, François. Tu peux pas savoir comment ça m'touche.

— J'ai quasiment rien fait. T'es une bonne amie, c'est normal.

— Me sentir comme ça sur le *spot*, avec lui qui me posait ses questions comme si j'étais coupable de quelque chose. J'me sentais toute seule. Tu sais que j'en ai pas eu beaucoup des *chums*. Pis, à cause du dernier, de c'qui est arrivé, ben j'aime pas trop ça en parler. Pourquoi Rajotte a fait ça? J'ai jamais fait quoi que ce soit pour l'enrager. Y'avait pas le droit. Ça m'a fait trop mal.

Elle fondit en larmes et sa tristesse me gagna aussitôt. Je n'avais jamais excellé dans le genre de situation où il fallait trouver des mots réconfortants à dire. Les pleurs m'avaient toujours paralysé. Mais le sentiment que j'avais ressenti plus tôt pour elle m'envahit de nouveau jusqu'à la racine des cheveux.

Un peu brusquement, sans doute, je pris ses mains que je serrai très fort dans les miennes. Elle me rendit mon élan d'affection, appuya sa tête sur mon épaule et pleura de plus belle. Je restai là, ému, ne comprenant pas le fond des sentiments que Pierre Rajotte avait pu ainsi remuer. Elle pleura de longues minutes, quinze ou vingt, je ne sais pas, mais je me sentais devenir plus fort et capable de l'aider. Quand elle s'essuya les yeux et me regarda avec gratitude, une chose étrange se produisit, une connexion différente, un sentiment neuf. C'était... c'était comme si...

—Marie-Ève, il est temps de partir.

Anne Dubois se tenait dans l'embrasure de la porte, et j'en déduisis qu'elle s'était offerte pour aller reconduire Marie-Ève chez elle. Même si le moment était mal choisi, Marie-Ève lui sourit avec reconnaissance.

—Faut que j'y aille, François. Merci encore. Je suis vraiment contente de t'avoir comme ami.

Nous échangeâmes une accolade et elle se leva.

—Attends-moi dans le stationnement, lui dit Anne Dubois, j'en ai pour une minute.

Marie-Ève s'exécuta et je me levai à mon tour pour aller attendre Jocelyn, saluant madame Dubois au passage.

—Carl aurait été fier de toi, me dit-elle alors que je passais la porte à mon tour.

Je me retournai, pris par surprise. Elle avait prononcé ces mots avec une telle compassion que j'avais senti un élan de sincère respect pour Carl.

À ce moment, toute la colère que j'avais pu nourrir à cause du départ de mon ami, à cause de ce que j'avais pu percevoir comme une trahison de sa part, tous ces sentiments d'impuissance fondirent.

Je ne pus que sourire à cette femme qui m'avait fait un cadeau. Je partis rejoindre Jocelyn et dus attendre dans un de ces fauteuils oranges et carrés que je détestais, devant le bureau du directeur. La journée n'avait pas été vaine. Certes, ma haine pour Pierre Rajotte avait quadruplé, mais mon amitié pour Marie-Ève avait grandi d'autant. J'étais toujours plongé dans les méandres de mes réflexions lorsque la porte du bureau s'ouvrit. Jocelyn en sortit et vint s'asseoir à mes côtés.

—Donne-moi cinq minutes et on part, me dit-il en essuyant ses lunettes.

— Correct. Pis la réunion?

— Bof! Y se passe des affaires pas l'*fun*. Mais t'en fais pas, ça n'a rien à voir avec toi.

Je décidai de l'attendre dans ce fauteuil puisqu'il devait repasser par là. Quelques secondes plus tard, j'aperçus Rajotte qui, renfilant son veston marine, sortit du bureau de monsieur Truffaut. Il me fixa en silence, en replaçant son col de chemise. D'abord surpris de ma présence, il lui vint aux yeux une lueur de malice. Un méchant sourire se forma sur ses lèvres et j'en eus le frisson. Il me sembla alors que, malgré le bruit du système d'aération, je l'entendis murmurer «*I win again*».

Chapitre 3 : Face à face

Les semaines s'écoulèrent sans heurt, vides comme un ciel sans étoile. Quant à nos relations de groupe, c'était les montagnes russes. Notre humeur collective dépendait des jours, des heures, des petits événements de la journée. Je parlais moins à Jocelyn Monette et peut-être était-ce parce qu'il me semblait préoccupé. Mais si ma vie sociale me désespérait, mes notes n'avaient jamais été meilleures.

Mon petit havre de paix était devenu le Dunkin' Donuts, à deux pas de chez moi, et je m'y retrouvais parfois très tard le soir, quand je ne parvenais pas à dormir. Toujours est-il que vers minuit et demi, le 1ᵉʳ février, j'étais confortablement installé sur une banquette de cuirette, les yeux perdus dans une tasse de café fumant, les pieds rabotant le carrelage boueux et rugueux.

Le néon luisait sur la porcelaine blanche de ma tasse et cela me captivait, m'empêchant de ressasser une fois de plus des questions sans réponse, des réponses sans question et des images impossibles à rassembler en un tableau cohérent. Je sursautai lorsque je me rendis compte qu'un homme était planté devant moi, un café à la main.

— David! m'écriai-je, je suis vraiment content de te voir. Ça va? Qu'est-ce que tu fais par ici?

— J'avais des gens à voir dans le coin. Oui, je vais bien, mais toi tu m'as l'air d'une personne très préoccupée... quand on est rendu à parler à sa tasse.

—Oui, euh... ben, je suis en plein questionnement, comme d'habitude.

—C'est un signe d'intelligence, me dit-il en souriant. Je peux m'asseoir?

—Sûr! Ah! ça, je suis vraiment content, répétai-je avec enthousiasme. Comment tu vas? Et ton travail, ça marche comme tu veux?

—Oui. Je pourrais pas arrêter même si je voulais, dit-il tout en ponctuant sa phrase d'un clin d'œil, c'est plus fort que moi!

Je ne savais pas grand chose des activités de David, car il était très discret là-dessus, mais avec ce qu'il m'avait confié au fil de nos rencontres, j'avais compris qu'il était travailleur social auprès des jeunes en difficulté, un conseiller en quelque sorte.

—Les jeunes sont chanceux d'avoir quelqu'un comme toi à qui se confier.

—T'es gentil, mais assez parlé de moi. Si je suis entré ici, c'est parce que je t'ai vu par la vitre et que tu m'avais l'air d'un gars qui a besoin de vider son sac. Alors?

—Ben, la dernière fois, je t'avais dit que je ne voyais plus mes amis de la même façon. Depuis quelques mois, il me semble que... que je suis en train de les perdre. J'arrête pas de me demander pourquoi nous sommes amis. On dirait que nous n'avons plus rien en commun.

Je fis une pause pour étudier son visage si serein,

me nourrir de son sourire si plein de vitalité. Son assurance m'inspirait de l'émulation.

—François, l'amitié, selon moi, c'est un cadeau, une forme d'amour complice qui nous donne le sentiment de notre valeur personnelle. Coupe pas les cheveux en quatre. Tu as des amis que tu aimes, et sache qu'ils t'aiment également.

—Ouais. Mais pourquoi j'ai l'impression qu'on se détache?

—Vous avez peut-être des choses à vous dire. C'est pas forcément facile, mais c'est pour ça qu'on dit que les relations ça se cultive.

—Comment?

—En disant à nos amis combien on les aime. Même si on pense qu'ils peuvent le deviner, on est pas obligé d'économiser nos mots. François, tu as la chance d'avoir des amis fantastiques. Je le sais, parce que tu n'arrêtes pas de parler d'eux. C'est évident que tu tiens à eux et qu'ils tiennent à toi. Même Carl. Il n'est plus avec vous autres, mais tu peux être fier de l'avoir eu comme ami. Oublie jamais ça. Oublie jamais combien t'as besoin de tes amis et que la réciproque est vraie. C'est pas une dépendance, c'est un choix. Tu comprends?

—Oui, j'pense. Mais t'sais, je pensais à ce que j'avais vécu avec mes amis depuis qu'on se connaît. Me semble que notre amitié est basée sur pas grand-chose. On dirait qu'on est ensemble juste comme ça, par accident.

—Ça, j'en doute. Peut-être que votre amitié est basée sur des petites choses, mais elle vous apporte sûrement une grande chose. Un jour, ça va certainement te frapper pourquoi des gens comme Marc-André, Marie-Ève, Annabelle, Philippe et Gabriel sont tes amis. Là, tu vas te sentir comblé.

—Comme c'est là, rien de moins sûr.

—Je comprends. T'as eu une dure année, et personne ne peut garantir qu'elle va être plus facile dorénavant, mais l'avenir est toujours plein de possibilités. Foncièrement, tu es un optimiste, et ça, c'est quelqu'un qui a du courage. En plus, je suis certain que tu as commencé à te lever de bonne heure.

Je ne répondis rien sur le moment, un peu interloqué que j'étais. Il avait raison car, en effet, je ne flânais plus au lit le matin comme avant et j'appréciais l'heure de réflexion tranquille que je me donnais avant le départ pour l'école. Mais je doutais que David fît allusion à une nouvelle habitude dont je ne lui avais pas parlé.

—Je me lève plus tôt, oui, mais comment tu pouvais le savoir? Et est-ce que tu penses que c'est ça que Carl voulait dire? Parce que je ne vois pas vraiment ce que ça change à ma vie.

—T'en fais pas trop. T'es en gros questionnement, et c'est sûr qu'à un moment donné, paf! la lumière va se faire. Plus tôt que tu le penses, même.

—Hé! baptême. Là, t'es en train de me tirer aux

cartes sans jeu de cartes, David.

Ma remarque le fit rire. Il se leva et me fit comprendre qu'il devait partir.

—Non! criai-je un peu fort et debout à mon tour, faisant sursauter quelques clients aux alentours. J'ai encore des choses à te demander. Des tas de choses.

— Faut vraiment que j'y aille, mais j'ai comme l'impression que tu peux faire le tri tout seul dans tes pensées.

—Tu reviendras?

—Tu peux compter sur moi, dit-il. En attendant, tiens bon.

Il me sourit une dernière fois de son sourire mystérieux et sortit dans la nuit. Je me rassis et fixai de nouveau ma tasse de café que la serveuse était venue remplir.

Les paroles de David résonnaient dans ma tête. Je savais bien que chacun devait trouver une réponse à ses questions, mais il me semblait que je pataugeais, alors que d'autres avaient l'air de tout comprendre. Mes fondements me soutenaient à peine, ma maison était hantée par le départ de Carl et par les questions qu'il avait soulevées en moi, et le petit monde dans lequel je vivais confortablement depuis seize ans semblait sur le point de s'écrouler.

Rompu de fatigue et brisé par le doute, je sortis précipitamment du restaurant pour marcher un peu. La marche ne m'avait jamais apporté quoi que ce soit, sauf peut-être des ampoules aux pieds, mais je ressentais en cet instant le besoin de m'aérer l'esprit. Lorsque, quelques heures plus tard, je me résolus à rentrer chez moi, je n'avais récolté en effet que quelques ampoules et passai une nuit peuplée de cauchemars.

Mais je n'avais pas encore atteint le fond qui se présenta les jours suivants : je cessai de dormir, trouvai à m'engueuler avec mes amis pour un oui ou un non et appris que le poste de Jocelyn Monette allait être aboli pour des raisons budgétaires, la tâche de professeur d'éducation physique étant confiée à nul autre que... Pierre Rajotte. Je m'en sentis coupable.

Devant ce désastre, ma nouvelle réussite scolaire était une bien maigre consolation. J'aurais tout donné pour récupérer mon ancienne vie et mon bonheur d'antan.

Je n'avais vraiment pas l'âme à rire lorsque, le 5 février, Gabriel m'invita à un autre de ces super *partys*, chez Gilbert cette fois. J'avais décliné l'invitation à quelques reprises, mais il avait tant insisté, multiplié les supplications burlesques, formulé la promesse de s'enfermer chez les moines et la menace de ne plus jamais dire de conneries, me jurant même de venir me chercher dans une superbe voiture sport, que je finis par accepter de faire acte de présence.

—*Cool man,* m'avait-il dit le samedi matin au

téléphone, c'est genre j'vas passer chez vous, style vers sept heures avec Marie-Ève, faque on va être chez Gilbert genre à sept heures quarante-cinq. *Cool?*

— Ben *cool*, Gab. À ce soir, dis-je, avec l'enthousiasme de quelqu'un qui confirme son rendez-vous chez le dentiste pour se faire arracher trois dents.

Je prévoyais déjà m'ennuyer car, depuis la mort de Carl, je ne touchais plus aux drogues. La vue même d'un joint me rappelait ma dernière soirée avec lui. En plus, je buvais maintenant très sobrement, ce qui me rendait les excès de Marc-André plus difficiles à supporter. J'en vins aussi à me demander comment agir avec Marie-Ève, puisqu'il s'était installé une gêne indescriptible entre elle et moi. Nous n'osions plus nous proposer des promenades comme nous le faisions avant le long de la rue Rondeau, et nous évitions même les contacts visuels. Plus je faisais le bilan, plus je me disais que j'aurais dû refuser l'invitation.

Le soir venu, aux environs de dix-huit heures, je soupai d'une omelette aux champignons, ma grande spécialité culinaire, et d'une bière puis, repu, décidai d'attendre Gabriel dehors avant le temps. Il ne faisait pas particulièrement froid et, contre le ciel noir de jais, la blancheur de la neige abondante dessinait un paysage surréaliste.

Vers dix-neuf heures, Gabriel, étonnamment ponctuel, stationna dans mon entrée au volant d'une belle Mustang rouge. Je m'empressai d'y monter et le saluai jovialement. Il me répondit quelque chose qui se noya dans les éclats de musique. Je vis Marie-Ève dans le rétroviseur. Nos regards se croisèrent et je la saluai timidement de la main sans me retourner. Gabriel tenait la grande forme. Je ne savais pas ce qu'il avait consommé, mais il avait sûrement acheté de la marchandise de première qualité. Il ouvrit le coffre à gants et en sortit une feuille de buvards qu'il me tendit.

— Sers-toi, *man*. C'est genre un cadeau.

— Merci bien, Gab, mais je vais passer pour à soir.

— Ah, correct. Toi, Marie?

— Pour moi aussi, ça va aller. Mais merci quand même.

— Ben correct, dit-il en la fourrant dans sa poche de manteau, c'est genre chez Gilbert y va avoir style ben plus de stock. Pas juste la *scrap* à Max, t'sais comme le meilleur que Gilbert a pu trouver. Hé! Y'a rien comme un super *purty* contre la déprime, déclara-t-il à la manière théâtrale d'un animateur de télé.

— C'est ça, Gab, c'est ça, dis-je en tentant de clore rapidement la discussion.

Une chanson de *Snoop Dogg* débuta et Gabriel, enflammé par le rythme, accéléra exagérément.

— Yah! cria-t-il, celle-là est genre super *cool*!

Nouvelle accélération. Nous avions gagné l'autoroute et filions à vive allure dans une quasi-solitude. L'état des routes ne m'inspirait pas confiance; elles avaient été déblayées mais il avait encore neigé et je ne me sentais pas en sécurité. J'avais souvent roulé avec Gabriel, mais je remarquai pour la première fois à quel point il était dangereux. Je serrai fermement l'accoudoir de ma portière et jetai un coup d'œil à Marie-Ève. Elle était apeurée par la conduite de Gabriel.

—Tu devrais peut-être ralentir, Gab, cria-t-elle en s'avançant du mieux qu'elle pouvait, retenue par sa ceinture, sinon, on va rater notre sortie.

—Intelligent ça, Marie, lui répondit-il, très décontracté.

Il freina en douceur mais ce fut sans résultat et la voiture continua de rouler à la même vitesse, bien qu'elle fut légèrement déportée sur la droite.

—Estie de neige! jura Gabriel.

Il freina plus fermement cette fois. Les roues se bloquèrent et nous fûmes entraînés dans un dérapage brusque. Une trombe de neige se souleva et retomba sur le capot à grand bruit. La voiture quitta la route comme une folle, tomba dans le fossé et fut emportée dans des tonneaux qui nous secouèrent sans pitié. Marie-Ève poussa un cri de douleur qui me fit oublier la musique et les sacres de Gabriel pendant un court instant. J'étais en train de me demander si nous allions mourir lorsqu'un bruit résonna dans ma tête : je venais de percuter la vitre latérale. Une douleur fusa en même temps dans mon bras droit, lancinante. La voiture continua de glisser encore sur le toit et je sentis ma tête devenir lourde. Le pare-brise céda et la neige entra comme une vague déferlante. Tout devint noir.

Lorsque je repris conscience, je ne sais pas combien de temps après, j'étais incapable de respirer et la panique m'envahit. Une espèce de névralgie froide me tenaillait et je compris avec affolement que j'avais de la neige plein la bouche et les narines. Je recrachai tout ça violemment et pris une immense inspiration comme si j'avais été longtemps privé d'air. Ma ceinture avait lâché, mais la neige avait dû amortir les coups que l'accident m'avait infligés. Des éclats de vitre parsemaient l'intérieur de la voiture, farcie comme une courge.

Le vent me fouettait le visage et me donnait une énergie nouvelle. Déployant toutes mes forces, je réussis à m'extirper de mon carcan glacé et à sortir de la voiture par la portière de Gabriel, qui n'était plus là, pas plus que Marie-Ève. Je regardai aux alentours pour retrouver la route. J'avais les yeux encore voilés et les violentes bourrasques de vent faisaient danser devant moi des rideaux blancs opaques. Le bruit des voitures me renseigna cependant sur notre situation. C'est alors que j'aperçus Marie-Ève. Elle était étendue sur le dos, à quelques mètres du véhicule, les yeux clos, les traits durcis par le froid.

—Non! Marie-Ève! hurlai-je en me jetant à genoux à ses côtés.

Quelques secondes s'écoulèrent pendant les-quelles un sanglot me monta du cœur aux lèvres alors que je posais une main sur son beau visage. Non, je ne voulais pas qu'elle soit morte.

—François? gémit-elle dans un filet de voix, en ouvrant péniblement les yeux.

—Es-tu blessée, Marie? As-tu mal quelque part? criai-je avec un soupçon de joie dans la voix, trop content que j'étais de notre chance d'être encore vivants.

—Non, je pense que ça va. J'ai juste mal à la tête pis à la jambe. Toi?

—Moi, c'est correct, dis-je pour la rassurer. Je me suis cogné le bras, mais à part de ça, j'ai rien. Es-tu capable de marcher? J'vais t'aider à te relever.

Elle me tendit la main. J'utilisai mon bras valide pour la remettre sur ses pieds et la serrai dans mes bras. Sa cheville droite était sans doute mal en point parce qu'elle cria de douleur en posant le pied par terre. Je dus la soutenir pour l'aider à se déplacer.

—Crisse, arrête donc ton maudit char!

Je vis Gabriel au loin qui faisait de grands gestes désespérés sur le bord de l'autoroute que je pouvais mieux distinguer maintenant. Le fait que Gabriel n'ait pas eu la présence d'esprit de se porter à notre secours me frappa d'abord, mais j'attribuai son réflexe à la panique. N'empêche que j'aurais pu ces-ser de respirer à tout jamais.

Nous nous dirigeâmes vers lui, non sans nous

arrêter à quelques reprises pour mieux parer une bourrasque de vent et laisser le temps à Marie-Ève de se reposer de sa marche à cloche-pied.

—Gab! lui criai-je, Gab, ça va?

Il se tourna vers nous. Une large coupure lui barrait le front et du sang coagulé s'était mêlé aux boucles de ses cheveux. Sa lèvre inférieure, entaillée, saignait encore et son chandail était déchiré. Il n'avait pas pensé à fermer son manteau. En s'approchant de nous, il titubait, importuné par le vent glacial et la neige profonde.

—Hey, les *boys*! Ça va?

— On est corrects. Toi, t'es blessé au front.

— C'est genre rien. T'sais, c'tait vraiment *cool*.

—*Cool*? Crisse on a pogné une estie de débarque, Gab! hurlai-je. C'tait pas *cool* pantoute! On aurait pu mourir, c'est pas le temps de déconner... Mais t'es complètement malade!

—Y'a un char qui s'arrête, dit Marie-Ève pour me calmer.

Une grande voiture s'était garée à quelques mètres. Un couple dans la trentaine en sortit, l'air sincèrement inquiet.

— Est-ce que quelqu'un est blessé? nous demanda l'homme.

—On a quelques blessures, dis-je. J'pense que mon amie a la cheville foulée, pis moi j'ai mal au bras.

—Venez, nous dit la femme, nous allons vous

conduire à l'hôpital.

— Non! C'est genre on peut pas laisser le char icitte, protesta Gabriel.

— Gab, faut y aller. On a pas l'choix. Il faut y aller, dis-je en tirant sur sa manche, Marie est blessée.

—O.K., correct, me répondit-il comme s'il sortait de sa bulle à la vue de son chandail déchiré et taché de sang.

Il lui fallut s'attarder un instant à l'expression de douleur que Marie-Ève contenait sûrement avec peine pour saisir la gravité de la situation. Nous montâmes dans la voiture de nos bienfaiteurs, Gabriel d'abord, qui se colla le nez à la vitre. J'aidai Marie-Ève à prendre place au centre et je m'assis à ses côtés. Quelques secondes plus tard, je dus perdre de nouveau la carte parce que je ne conservai aucun souvenir du trajet vers l'hôpital.

Mon bras n'était pas fracturé et j'en étais quitte pour quelques ecchymoses et coupures au visage. L'infirmière qui s'occupait de moi m'apporta gentiment un café et m'indiqua dans quelles chambres se trouvaient Marie-Ève et Gabriel. Je la remerciai chaleureusement et lui demandai si le couple qui nous avait secourus était encore là. J'appris que ces gens étaient partis dès qu'ils avaient su que nous étions tirés d'affaire.

Tranquille, occupé à décanter les derniers événements, je bus mon café à petites gorgées, et chacune semblait régénérer une partie de mon corps, me réchauffer le cœur, me faire prendre conscience du bonheur que j'avais d'être en vie.

Marie-Ève dormait. L'infirmier me dit qu'il lui avait donné un léger sédatif pour la calmer et soulager la douleur causée par son entorse.

— Tu peux rester si tu veux. Tout à l'heure, elle m'a dit de la réveiller si tu venais la voir. Veux-tu?

— Nonon. Laissez-la se reposer. J'vais attendre qu'elle se réveille d'elle-même.

Il me salua et sortit. Je pris la seule chaise de la pièce et l'approchai du lit. Mon amie dormait du sommeil bienheureux des enfants, les draps ramenés sous le menton, ses yeux s'agitant occasionnellement au fil des péripéties d'un rêve. Ses beaux cheveux blonds étaient encore humides.

En la voyant ainsi, fragile et confiante, mon impression de calme me lâcha brusquement et, la tête dans les mains, je me mis à pleurer comme un bébé. Jamais ne m'étais-je senti aussi vulnérable et aussi important que maintenant. Moi qui m'étais toujours considéré comme psychiquement fort, j'étais comme un nouveau-né qui, du simple fait de naître au monde pouvait mourir tout aussi facilement. Le suicide de Carl m'avait confirmé que «l'autre» pouvait mourir. Dans ma tête, la nécessité de la mort était une chose, mais sa présence en était une autre. Elle venait de me frôler le cœur et y avait laissé une marque indélébile, non pas une angoisse, mais plutôt une lucidité.

Quelle chance nous avions eue de nous en sortir quasi indemnes. Et si Gabriel ne s'était pas débarrassé de sa feuille de buvards, nous aurions tous pu écoper de sa bévue. Et la neige avait amorti notre choc, et le couple nous avait secourus, et les soins hospitaliers nous avaient réconfortés. Ce n'était pas un hasard, c'était un cadeau, une intervention en quelque sorte.

—François. T'es là...

Marie-Ève venait d'ouvrir les yeux. Son teint était pâle et ses yeux enflés de fatigue. L'épuisement se lisait sur son visage.

— Comment tu te sens?

— Ça va mieux. Ma cheville me fait moins mal. J'ai l'impression d'avoir couru le marathon, par exemple. Et toi?

— Moi, ça va. Mon bras était pas fracturé finalement. Plus de peur que de mal.

—Et Gab?

— Y'est correct. Y'est à deux chambres d'ici. Si tu veux, on ira le voir tantôt.

— Y'est-tu encore *vegge*?

— Non, ça pas l'air. J'pense que l'accident pis le frette l'ont débuzzé plus vite que prévu. N'empêche que y'a pas l'air trop marqué.

—Toi, se risqua-t-elle, t'es pas trop secoué?

—Moi? Oui. Pas mal, même. J'ai jamais pogné un accident d'même avant. Pis j'ai jamais perdu connaissance avant à soir non plus.

—J'ai eu peur, j'ai eu tellement peur, François. J'ai vu que t'étais inconscient pis là, j'ai crié ton nom, mais rien. J'ai essayé de sortir de l'auto. Pis quand j'ai été dehors, j'me suis essayée à enlever la neige qui était sur toi, mais j'manquais de force. Là, j'ai voulu rejoindre Gab pour qu'y m'aide, mais c'est là que j'ai dû perdre connaissance... pis j'ai, j'ai... j'ai eu tellement peur pour toi, François.

—Tout va bien, Marie, dis-je en lui prenant la main, c'est fini. Moi aussi j'ai eu peur. Pour être ben honnête, j'ai jamais eu la chienne dans ma vie comme là! T'sais, la mort pour moi était ben loin dans ma tête. Pis là, c'est avec moi pour toujours. J'pourrai pus voir la vie comme avant. Quand je t'ai vue étendue dans la neige, j'ai pensé que... Mais t'as l'air fatiguée. J'vais te laisser pour que tu dormes encore un peu.

—Non. J'veux pas être toute seule.

—Ben, j'vais rester d'abord. De toute façon, la bouffe à la café a l'air pas mal dégueu.

—Tant que ça? me dit-elle en souriant. François, merci pour tout ce que t'as fait.

—T'as pas à me remercier. J'ai rien fait. Toi, au moins, t'es restée consciente assez longtemps pour penser à moi, lui dis-je avec un sourire. Moi, j'ai fait la moumoune. Au premier p'tit boum, pouf! dans les pommes.

Son visage s'illumina d'un sourire. Je me fis la réflexion que même sous l'éclairage austère de la chambre d'hôpital, je la trouvais vraiment belle. Elle me prit doucement la main.

— Arrête donc de faire le cave, me dit-elle sur un ton de fausse colère, c'est gentil d'essayer de me faire rire, mais j'suis encore sous le choc.

— J'comprends. J'pense vraiment que tu devrais dormir encore un peu. À bien y penser, je devrais dormir encore un peu moi aussi.

— Non. J'ai pas le goût de dormir, on dirait que je suis trop fatiguée pour ça. Si ça te dérange pas, j'aimerais ça qu'on veille. Tu sais, comme le soir où on voulait voir le soleil se lever sur la montagne en arrière de l'école.

— Fallait que j'me fesse pour rester debout. J'm'en souviens, oui.

— C'était un méchant effort de pas s'endormir, mais quand le soleil s'est levé, c'était la plus belle chose que j'ai jamais vue. C'est là que j'ai compris qu'on pouvait être récompensé à force d'attendre. Que si on était patient, on pouvait obtenir ce qu'on voulait, pis que si on se couchait, on pouvait rater quelque chose d'extraordinaire.

— T'as raison. Mais je veux pas te voir souffrir de même. T'as besoin de dormir. Rien qu'une couple d'heures. Écoute-moi, Marie-Ève. Tu fermes les yeux et moi, j'vais rester ici à te regarder dormir. Ça va me calmer. Pis si tu te réveilles à un moment donné, j'vais être là. On va parler pour passer le temps, pis si on est chanceux, on verra peut-être le soleil se lever.

— Mais t'as pas dit que t'étais fatigué? me demanda-t-elle, même si je voyais dans ses yeux que la proposition lui plaisait.

Je lui offris mon plus beau sourire. Sans savoir pourquoi, je ressentais le besoin de la protéger.

— Repose-toi, Marie. J'aime mieux savoir que t'es correcte que de faire la marmotte. J'vais trouver le moyen de m'occuper. J'vais me conter des *jokes* plates pis j'vais rire tout seul, pas fort, dis-je en lui faisant un clin d'œil. J'vais compter les lignes sur c'te mur-là, je vais trouver quelque chose à faire, c'est sûr. Mais toi, s'il te plaît, dors. T'en as besoin.

— Merci beaucoup, François. Tu es vraiment l'ami le plus gentil que je connaisse.

Un silence s'installa sans qu'il ne nous indispose et nos regards restèrent fixés l'un à l'autre.

— J'suis vraiment chanceuse d'avoir un ami comme toi, murmura-t-elle avant de refermer les yeux et de caler sa tête confortablement dans l'oreiller.

Je la regardai dormir avec satisfaction et me demandai soudain ce qui me poussait à vouloir protéger mon amie de la sorte, moi qui n'étais même pas certain de ma propre solidité. Il était deux heures vingt-deux à ma montre.

À cet instant, assis dans une chambre d'hôpital silencieuse, je me demandai si l'on pouvait aimer sans le savoir.

Chapitre 4 : Désillusions

—Hein! C'est pas Maude Bellechasse ça? Sont ben laittes ses cheveux.

—A les avait pas aux fesses, elle?

—Je sais pus, là. *Check* Simard. Ark! J'me souvenais pus qu'a portait des maudits *sweat-shirts* verts. C'est ben affreux.

— Parle-moi-s'en pas. T'sais Sylvie Dansereau?

— Ouais. Elle est *hot*. Quessé qu'a devient?

— Ben, elle était *hot*. Chus allé y parler hier, pis a l'a une moustache!

—Quoi? Oh, yark! Une autre! *Another dream fades away*. Me semble que les filles du Collège étaient mieux avant.

— Sauf Anderson.

—Ah! elle, a se maintient pas pire pantoute. Mais c'est ben la seule. Même son amie, là, chose avec les talons de six pouces.

— Fiset?

—Ouais, c'est ça. Elle est pas si belle que ça. J'l'avais vue une fois, pis était belle en crisse. R'marque que j'tais ben chaud, faque t'sais. Mais là...

La fin de l'hiver et ses péripéties n'avaient pas endormi nos vaillantes hormones. Deux mois s'étaient écoulés depuis l'accident. L'hiver n'était plus qu'un mauvais souvenir et le soleil reprenait du service, de sorte que nous pouvions à nouveau observer la clientèle du Collège à partir de notre banc de parc.

C'était l'époque du palmarès des dix candidates finalistes. Sauf que la plupart d'entre elles avaient perdu des points depuis le début de l'année. Jamais nous n'avions trouvé autant de défauts à des créatures que nous considérions auparavant quasi parfaites. À part, bien sûr, Valérie Anderson, trois fois gagnante du titre en trois ans, la liste de cette année risquait de décevoir les preneurs qui en demandaient une copie à la fin de juin.

Depuis la fameuse nuit de l'accident, je voyais les choses autrement : mes rapports avec les membres de ma bande, une question posée en classe par Pierre Rajotte, une bataille à un arrêt d'autobus, une attaque de Yannick Cardinal. Je discernais davantage la vraie nature des choses parce que je ne m'arrêtais plus aux apparences.

Certes, je me posais encore un tas de questions et j'aurais souhaité un rapprochement plus senti avec mes amis, mais il y avait des variables sur lesquelles je n'avais pas de prise.

Voilà à quoi ressemblait ma situation en ce matin frisquet d'avril où mon valeureux compagnon et moi faisions l'évaluation de la gent féminine. L'air humide de la montagne venait d'apporter une couche de brouillard sur notre terrain, ce qui rendait nos observations plus ardues.

— Hey, la fille là-bas, c'est-tu Théodore? demandai-je.

— *Who the hell is* Théodore?

— La fille qui fait de l'escrime.

— Ah! Je l'sais pas. Y fait trop brouillardeux.

—Brouillardeux? Ouin, Marc, t'améliore ton français, pis c'est vrai.

— J'fais ce que j'peux. De toute façon, là où chus rendu.

— Quessé tu veux dire?

—Ben on sort d'icitte dans deux mois, pis j'pense pas que mon cerveau puisse apprendre des nouvelles choses. D'ici à juin, tout ce qu'y peut faire, c'est se rappeler. Hey, deux mois, *man*.

— Pas possible. On va avoir fait cinq ans ici.

—Cinq ans à niaiser, pis à s'ennuyer dans les cours à Desbiens.

—Pis Hubert encore! Lui, ses cours m'ont donné le goût de devenir chômeur. Te souviens-tu d'la fois où Gab y fallait qu'y fasse un oral sur Jésus pis que ça avait duré trente secondes. Tout ce qu'y'avait dit, c'est que Jésus c'tait un pouilleux qui marchait sur l'eau pis que quand on allait au ciel, c'était un gros parc aquatique. Maudit que je l'avais ri, celle-là!

—Un parc aquatique! Hubert lui avait donné vingt et un pour cent. Pis là, Gab avait répondu qu'il allait faire de la peine à Jésus.

—Ah, Gab! Il est pas battable dans les oraux.

—Ouais, c'est ben vrai ça.

Un silence suivit notre rire. Pour la première fois, notre conversation prenait un tour nostalgique.

Nous n'avions pas l'habitude de verser dans l'émotion, mais le fait de ressasser les souvenirs au terme de notre séjour ici transformait notre point de vue.

—On a eu des belles années pareil, dis-je en contenant mon émotion, de peur de paraître ridicule.

—Ç'est vrai ça, *bro*, dit-il en gardant un ton neutre, c'est ben vrai. R'garde la fille là-bas.

—Ben *hot*, dis-je hâtivement pour occuper mon esprit à autre chose qu'au passé.

—Sais pas. En deux, trois p't'être. Pas pire de paire.

—Parlant de paire, Saint-Laurent, là, sont pas si gros que ça, dis-je en appuyant mes paumes sur mes genoux. Je l'ai vue au PoolDome l'autre jour, sont tout petits.

— Je sais. Une autre fois où j'étais chaud. Mais c'pas grave. Y'en a d'autres.

—Ouais, y disent tous ça. On rentre-tu?

— Pas tout de suite. Les cours commencent dans une demi-heure. On a le temps, relaxe.

—Relaxe. Je vais m'en souvenir d'aujourd'hui. Y m'appelle: «J'te donne un *lift*, ça va être *cool*». Tu m'avais pas dit que t'arriverais chez nous à sept heures.

—C'pas d'ma faute. Fallait que je la sorte du garage. Pis c'est toi qui as pas voulu arrêter prendre un café au Dunkin'.

—Un café, oui. On aurait eu l'air de deux *truck drivers*.

—Ben quoi? C'est *cool* chauffer un camion. Ça l'a du *power*.

—Du *power*. Est bonne celle-là. N'empêche qu'y va ben ton char.

—Quessé que j't'avais dit? Numéro un.

—Ben là, numéro un, entendons-nous. T'as pas de radio, pas d'air climatisé. C'pas un char, c't'un *playmobile*. Je dirais même plus, une boîte à beurre, rajoutai-je, un doigt levé pour appuyer mon affirmation.

Marc-André fit une grimace ironique.

—Parle pas d'même de Val.

—Val?

—Ben oui. Je l'ai baptisé Val à cause de... Ben, tu dois catcher.

Je ris à l'idée que mon meilleur ami avait économisé son argent depuis un an pour s'acheter une camionnette usagée, et l'avait baptisée ainsi en l'honneur de son fantasme féminin.

—Ouais, j'ai une petite idée. Entécas, t'as-tu commencé ton bilan de vie pour le cours de religion?

— Plus ou moins. C'est pour quand?

— Le 12 mai, j'pense. Chus pas rendu très loin. Tu vas faire ça comment toi? Moi j'vais diviser ça comme un calendrier. Douze chapitres.

—Moi, j'vais faire ça comme une bible, me dit-il. Avec des paraboles pis différents livres.

— *Wow!* C'est donc ben *hot* ton affaire. J'savais pas que t'allais t'appliquer de même. Crisse, tu vas péter un cent mon gars.

— Je sais ben. C'est la première fois qu'un projet d'école m'intéresse de même. Je sais pas pourquoi, mais c'est comme ça. On dirait que je vois les affaires d'une autre façon. Me comprends-tu?

— Mets-en. J'me sens comme toi. C'est notre dernière année et on voit les choses pour ce qu'elles sont : éphémères.

— Hey, songé ça! Depuis quand tu sors des affaires de même?

— Ça fait des mois que je rumine. À c't'heure, je peux pas m'empêcher de regarder les choses plus en profondeur.

— *Deep stuff. Check* Simard là-bas. Pas trop mal.

— Non, c'est correct comme corps. As-tu trouvé une *job*? demandai-je pour changer de sujet.

— Pas encore. Y'a Matt qui m'a dit que j'pourrais sans doute travailler avec lui dans sa *business* de déménagement, mais je peux pas dire que chus ben intéressé. Toi, tu travailleras-tu avec Marie, au McDo?

— Non. Y m'ont pas répondu. Mais Max y dit que l'épicerie me prendrait comme emballeur. C'est pas beaucoup, mais c't'un début. As-tu hâte au cégep?

— Plus ou moins. T'sais, Clairevue, j'ai hâte en baptême que ça finisse, mais d'un autre côté, m'a m'ennuyer de ben des choses. J'peux pas vraiment l'expliquer, mais c'est comme si c'tait à cause de l'emballage. Comme...

— L'atmosphère?

—Oui. C'est exactement ça. T'es vraiment tombé dessus, *man*. L'atmosphère. Maudit que ça va me manquer. T'sais, le monde qui parle pendant les cours, les *food-fights* le midi, les *rides* en bus. C'tait l'*fun*. Y'avait quelque chose qui nous poussait à nous lever tous les matins. On chialait beaucoup, mais on avait du *fun* en masse.

Il s'arrêta et son regard se perdit dans l'horizon, comme s'il méditait sur ses dernières paroles.

—T'sais, Marc, c'est pas encore fini. Parle pas tout de suite à l'imparfait.

—François, une fois que t'as réalisé ce que t'avais, c'est là que ça finit. Dès la minute où tu te rends compte des moments que t'as dans ton présent, y vont direct dans ton passé. Y'a rien à faire, c'est d'même.

—Tabarouette. Depuis quand t'as réalisé ça?

—Une couple de jours, pas plus. J'avais pas le goût d'en parler à personne au début, mais là y fallait que je le dise à quelqu'un. Pis, comme t'es mon meilleur *chum*.

—Ouais, j'comprends. Moi aussi je... *Check* Godette à droite, près du banc.

—Pas si mal, pas si mal. Quessé tu disais?

—Moi aussi je l'ai catché. Je l'sens depuis un p'tit bout de temps, mais j'avais pas voulu me l'avouer. Te l'entendre dire, ça me l'a fait mieux comprendre.

Mais d'un côté, j'aurais aimé ça m'en rendre compte plus tard que drette-là. Comme ça, j'aurais pas eu peur de perdre ce que j'ai.

—C'est compréhensible en baptême. *Check* la jeune qui boit.

—Pas pire pantoute.

Et c'est ainsi, en quelques phrases, sans quitter des yeux les témoins de la vie scolaire, le décor et les gens, que nous avions eu la conversation la plus enrichissante de nos douze années d'amitié, à un moment inattendu et important. Nous étions à la fois ouverts à ce qui nous entourait et conscients d'être aveugles à tant de choses. J'écarquillai volontairement les yeux. La brume se dissipait lentement, laissant place à un paysage qui me paraissait nouveau tout à coup. Pourtant, devant moi s'étendait le même terrain de football, mais on aurait dit que je découvrais pour la première fois les graminées qui le bordaient, les érables et les haies de cèdre touffues sur ses flancs vallonnés, les champs qui s'étendaient plus loin. Même le ciel n'était pas peint du même bleu; c'était comme si je me réveillais ailleurs.

— J'm'ennuie de Carl, dis-je tout bas.

— Moi aussi, *man*, moi aussi.

LIVRE 3
ENFIN IL FAIT JOUR

Chapitre 1 : Évasion

Mai, enfin! Le mois chéri de l'année scolaire où tout renaissait et où l'on oubliait momentanément nos problèmes avant le dernier sprint. Les semaines réjouissantes où l'on assistait au réveil de la nature et à la formation de couples dont le rapprochement avait mûri depuis le début de l'année. La période bénie où l'on cessait d'avaler de la nouvelle matière, mais où commençait l'exécrable révision.

Enfin, c'est comme ça que l'on aurait dû se sentir, mais l'année avait été longue pour mes amis et moi. La fatigue me pesait et j'avais peur qu'elle ne m'assomme avant le temps.

Le groupe avait le moral à zéro. Marc-André se sentait abattu à cause de la fugacité des choses dont il avait pris conscience un mois plus tôt, sur un banc d'école. Philippe était perdu dans ses pensées et son silence nous était pénible à supporter. Je lui avais proposé de parler à Jocelyn, mais il m'avait envoyé promener. Annabelle restait préoccupée par l'apparence de ses conquêtes et nous délaissait régulièrement. Marie-Ève paraissait absente, rêveuse, et préférait regarder le ciel plutôt que nous parler. Gabriel, habituellement bouffon, s'était retiré dans son univers de musique. Et mes amis disaient de moi que je vivais hanté par l'image idéalisée de Carl.

Bref, l'année tirait à sa fin et il semblait évident que nos amitiés empruntaient le même chemin. Nous nous contentions de regarder couler les derniers jours, désillusionnés de voir survenir un sauvetage. Étonnamment, ce fut Annabelle qui nous lança une bouée.

—J'ai quelque chose à vous annoncer, nous avait-elle dit au dîner, entre deux bouchées de compote de pommes.

—Vas-y, lui dit Marc-André qui s'était retenu, in extremis je pense, de faire un commentaire sur son nouveau *chum*.

—Bon ben, j'ai pensé qu'on pourrait faire de quoi tous ensemble bientôt, comme dans le temps. Pour fêter la fin de notre secondaire.

—Ça me tente, dis-je, soudain allumé par le sourire de Marie-Ève.

—Quessé qu'on ferait comme chose? demanda Marc-André après avoir goulûment avalé son Jello.

—Ben, comme vous le savez, mes parents ont acheté un chalet dans les Laurentides, pis ils me le laissent dans une couple de semaines. J'ai pensé qu'on pourrait tous y aller. Faire toutes sortes de choses, comme dans l'temps. On passerait la nuit à parler pis à écouter de la musique, pis à faire des concours de bières, pis des feux de camp.

—Excellente idée, Annabelle, lui dis-je en me

levant pour jeter l'emballage de mon lunch.

Tout le monde signifia son enthousiasme à l'exception de Philippe qui, la tête dans les mains, ne nous avait sans doute pas entendus. Sentant les regards peser sur lui, il émergea de son mutisme.

—Un *party*? Ouais, pourquoi pas, ajouta-t-il après un long silence.

—*All right*, dit Annabelle, ça va être vraiment *cool*. On se réunira chez nous vendredi le... 23 au soir, pis on partira avec le char de mes parents pis celui du frère à Vincent. À sept dans deux chars, on va être correct.

—Sept? fis-je remarquer.

—Oui, y'a Vincent qui viendrait. C'est mon nouveau *chum*. Y va à la Polytechnique. Je l'ai rencontré chez Christine.

—Y va à l'université? s'étonna Marie-Ève.

—En plus, il joue au soccer trois fois par semaine. Trop *hot*. Y'est bâti comme un cheval.

—Comme un ch'val? C'est ben la première fois que t'utilises cette expression-là.

—Ben quoi, ça se dit, me semble. Il a des muscles énormes pis il est vraiment en forme. Entécas, on s'entend pour partir vendredi soir?

Le vote fut unanime. L'horrible gazouillis du carillon mit fin à nos élans de joie. Le restant de la journée se déroula agréablement, portés que nous étions par cette perspective de retrouvailles.

Les deux semaines consacrées à la révision

s'écoulèrent tant bien que mal. Nos dîners recommencèrent à s'animer du simple fait que nous avions au moins un sujet de conversation commun. Pour ma part, j'étais persuadé que cette expédition réussirait à resserrer nos liens fragiles, et mes attentes étaient grandes. Il fallait cultiver l'amitié, m'avait dit David quelques mois plus tôt.

Le vendredi tant attendu arriva enfin, et c'est avec joie que nous quittâmes l'école pour faire nos bagages. Je m'appliquai à préparer ma valise et à regrouper des provisions avec l'intention de ne rien oublier. Vers dix-sept heures trente, la sonnerie du téléphone me sortit de mon rêve de perfection.

— Yo, *man*. Ça va?

— À quelle heure tu viens me chercher, Marc?

— Me semblait que mon char valait rien?

— J'ai pas dit qu'y valait rien, j'ai dit qu'y'était laitte. Nuance, mon cher, nuance. De toute façon, j'ai pas d'autre *lift*, faque t'es mon seul espoir. Laisse-moi pas seul, abandonné à moi-même dans une pièce sombre et poussiéreuse, tourmenté par des pensées obscures qui...

— C'est beau, ta yeule! J'vas venir te chercher. Baptême que t'en mets quand tu veux. Un peu plus pis j'pleurais. Un oscar tout suite.

— Merci, merci. Sans farce, a va ben ta camionnette.

— Je sais ça. Pis je l'ai payée pas cher en plus. Entécas, c'pas important.

—Hey, Marc, en parlant d'important... t'sais la discussion qu'on a eue en avril sur le changement pis le fait qu'on pouvait pas revenir en arrière?

—Ouais? se contenta-t-il de dire après un silence.

—Ben comment tu *deal* avec ça? Des fois tu te demandes pas qu'est-ce qu'on aurait pu faire autrement pour que Carl ait le goût de rester avec nous autres? Ça t'arrive pas de penser au temps où... Ben, avant.

—Avant. Esprit que c'est drôle comme mot aujourd'hui. Oui, pendant un bout, j'me suis demandé. Mais à force de nager dans les réflexions, on finit par se noyer dedans. Ce qu'il faut faire, c'est se distraire, mon *chum*. Moi, j'me suis trouvé un passe-temps.

— Valérie Anderson?

— Exactement. Estie qu'est trop *hot. Come on,* avoue. T'en trouveras jamais de pareille. Vraiment belle. Mieux que tout le reste du Collège.

— Je suis d'accord avec ça, c'est une bonne distraction, dis-je en riant, amusé par sa fascination pour cette fille.

— Bon, tu vois? Tout ce que j'fais maintenant, c'est penser à elle. Ça aide. Pis les réflexions, là, ben ça vaut rien. Le passé porte ben son nom. Pas-sé. Rien d'autre. Pis l'avenir, tu peux pas l'faire rentrer dans l'présent. Ils ont même pas la même *shape.* On peut rien faire avec ça. Faque c'est dans l'présent qu'on peut accomplir des choses. Nulle part ailleurs.

—*Wow boy!* C'tait donc ben profond ça, m'exclamai-je, surpris d'entendre de telles paroles sortir de sa bouche.

—J'ai dû prendre ça de toé. Entécas. J'ai p't'être changé un peu, mais j'pense que c'est juste en surface. J'aime encore les mêmes affaires, j'dis encore les mêmes choses, pis je trouve encore que Valérie Anderson a la plus belle paire de seins que j'ai jamais vue de ma vie. Trop *hot*, sacrifice.

Son enthousiasme si soudain, le ton sur lequel il avait débité sa conclusion me firent rire aux larmes. J'étais tellement tordu de rire que je laissai tomber le combiné et les éclats de voix de mon grand ami résonnèrent contre le comptoir de la cuisine.

—Ouf! ça fait du bien ça, dis-je en reprenant mes esprits.

—Mets-en. Entécas, on s'voit vers six heures quinze?

—*Right on*, capitaine. Je vais être prêt.

Les bons vieux succès d'Eric Clapton accompagnèrent la fin de mon empaquetage qui prit du temps; je n'avais jamais été doué pour plier du linge convenablement et assembler un casse-tête dans une valise.

Après un léger souper, je sortis pour attendre Marc-André. Il faisait étonnamment chaud pour un 23 mai. L'humidité collait mes vêtements à ma peau. Je fis quelques pas pour profiter d'une petite brise, valise en main. L'image de Carl me revint à l'esprit, lui qui n'avait plus habité mes pensées depuis quelques semaines. Comme j'aurais voulu qu'il soit là, qu'il passe cette fin de semaine avec nous et qu'on lui dise à quel point il comptait à nos yeux! Le passé... les mots de Marc-André arrivèrent au galop. Juste à ce moment, j'aperçus son véhicule qui s'engageait dans ma rue.

— Hey *buddy*, t'es attaché? me demanda-t-il une fois que je fus assis sur le siège à la cuirette fendillée.

— Oui, roule. Ça va être *cool* partir toute une fin de semaine. Y'est-tu loin de tout, son chalet?

— On est genre isolé, mais près d'un lac. Ça fait que j'ai apporté de la bière en masse. On va avoir du *fun*. J'espère que le lac est propre. De toute façon, m'a me baigner pareil. Toé?

— Moi avec. Et c'est *cool* que Phil vienne.

—Ouais. Ça va y faire du bien. J'espère que l'*chum* d'Annabelle est pas trop fatigant. T'sais comme celui qui nous collait partout: « Hey les *boys*! M'a venir fumer avec vous autres en fin de semaine. Ça va être tripant. »

— J'sais plus son nom, mais lui, y me tapait sur les nerfs en calvâsse.

— J'pense pas qu'y'en existe un autre de même. Bof, on se tiendra plutôt avec Marie-Ève.

—*Cool*, dis-je en faisant craquer mes jointures.

Le reste du trajet fut ponctué de quelques commentaires concernant l'anatomie de Valérie

Anderson et de blagues sur les profs. Lorsque nous nous garâmes devant la maison d'Annabelle, il devait être dix-huit heures trente passé. Marie-Ève discutait avec Gabriel et avec une espèce d'armoire à glace qui devait être Vincent. Pas de Philippe en vue ni d'Annabelle qui, elle, se trouvait sans doute dans la maison.

— *Hello boys!* cria Marc-André en émergeant de sa camionnette.

— Comment ça, *boys!* protesta Marie-Ève, feignant d'être en colère.

— O.K. d'abord. Allô, Marie, répondit-il en déposant un baiser sur chacune de ses joues.

— T'étais mieux, lui envoya-t-elle, sinon...

— Holà! Effroi! hurla-t-il à l'instar de notre célèbre professeur de mathématiques tout en faisant mine de parer un coup.

Nous éclatâmes tous les quatre de rire et Vincent se demanda de quelle planète nous débarquions. À cet instant, Annabelle nous salua joyeusement du balcon. Elle nous rejoignit et embrassa son *chum* langoureusement, qu'elle nous présenta ensuite en bonne et due forme.

Phil arriva à pied sur ces entrefaites et nous salua timidement, comme s'il nous connaissait à peine.

— Bon, moi, Vincent, Gabriel, pis Phil, on va dans le char de Vincent, déclara Annabelle. Pis toi, Marie, ça te dérange pas de conduire mon char?

— Nonon, c'est beau, répondit-elle.

—Moi, je laisse mon char où, Annabelle? demanda Marc-André.

—Range-le à droite dans le *driveway*. Ça dérangera pas, lui répondit-elle.

—J'espère que quelqu'un va voler c't'affaire-là! soupira Marie-Ève.

Nous éclatâmes d'un rire sincère puis enfournâmes les valises dans les voitures.

—T'auras rien qu'à nous suivre, Marie. Le chemin est pas *tough*, mais juste au cas, voici l'adresse, dit-elle en lui tendant un bout de papier.

Nous prîmes place à bord de la spacieuse Alpha Romeo des parents d'Annabelle, Marie-Ève au volant, Marc-André à l'arrière et moi aux côtés de ma bonne amie.

— *Let's go,* ça va être *cool*! cria Marc-André.

— Attends qu'on soit rendu là-bas pour faire le cave, lui envoyai-je.

—Peux pas, c'est de naissance. De toute façon, c'est vendredi soir, y fait beau, pis on a deux jours devant nous sans rien d'important à faire. C'est ça, le paradis sur terre. Un chalet, un lac, pis d'la bière. Ben d'la bière. Y'est où au juste son chalet?

— C'est écrit Lac des Brumes sur le papier, lui répondit Marie-Ève. Faudrait quand même essayer de pas perdre Annabelle.

— Je vais dire comme toi, parce que j'sais pas où c'est. Pis, quessé vous pensez de Vincent? Y m'a l'air d'avoir la dose parfaite d'épais.

—T'as ben raison là-dessus, lui dis-je. Maudit que j'ai pas compris ses *jokes*.

— Annabelle pis lui ont l'air de ben s'entendre, se risqua à préciser Marie-Ève.

—Mettons, ouais. Pas besoin de lire dans ses pensées pour savoir ce qu'y veut, lui. Rien que de la façon qu'y la regarde, ça se devine ben facilement. A doit être tannée d'en pogner des d'mêmes. Quoi que si elle se tannait, elle en prendrait probablement pus. C'est p't'être ça qu'a veut au fond.

Le commentaire de Marc-André m'amena à me demander après quoi courait Annabelle. Je ne pouvais m'empêcher de penser qu'il y avait plus dans l'amour que ce qu'elle semblait vivre. J'avais bien sûr déjà été en amour quelques fois, mais ça n'avait pas duré.

Devant, Annabelle conduisait drôlement vite. Elle zigzaguait de gauche à droite, récoltant des coups de klaxon. Marie-Ève faisait des efforts habiles pour la garder dans son champ de vision.

—*Wow!* elle pourrait ralentir des fois, lâcha Marc-André de la banquette arrière, à la vitesse qu'a roule, les bières vont commencer le *party* sans nous.

—Parlant de bière, quessé que t'as amené? demandai-je intéressé.

—*Full* de sortes. La bonne vieille Boomerang, d'la Wildcat, d'la Bleue, pis d'la Angus.

—Angus? Ah, la bière du *party* de Noël. J'y ai pas goûté encore. C'est comment?

— Oh, moi, à Noël, j'étais un p'tit peu trop chaud pour goûter ce que je buvais, faque, quand même que j'en aurais pris. Toi, Marie?

— Moi, j'ai rien pris c'te soir-là, je conduisais.

—Ah, c'est vrai. J'taime ben, Marie, pis une chance que t'es là parce que je serais pas capable de faire ça pour quelqu'un. J'm'arrange toujours pour avoir un *lift* à un *party*. Ça, c'est du *thinking*, les boys. Du *thinking*. Dans des moments comme ça, on peut boire tant qu'on veut. «Ne faire plus qu'un avec la bière», comme dirait Jocelyn Monette. D'ailleurs, c'est plate qu'y parte, lui. Y'était smatte.

— Mais on part c't'année aussi. Y serait resté, pis on l'aurait pas revu pareil.

—Oui, mais c'est plate pour les autres. Pis à part de ça, me semblait que vous étiez rendus des bons *chums*. Si y était resté, tu serais revenu le voir, hein?

Avec le temps, mes amis semblaient avoir accepté le fait que Jocelyn soit devenu mon confident. J'en étais heureux.

—T'as raison là-dessus. On est rendu ben proches. C'est vrai que c'est plate qu'y parte. Y va aux États. Le savais-tu, Marie?

—Oui, Émilie me l'a dit. À Boston j'pense. Y s'est fait offrir une *job* de prof d'éduc dans une école. Y va gagner plus cher qu'icitte entécas.

—Ça sera pas dur à battre, rigolai-je. Mais au moins, j'ai son adresse électronique. On arrive-tu bientôt?

— J'pense qu'y nous reste à peu près une heure de route.

—Oh non, râla Marc-André, j'ai une de ces envies de pisser, mes amis.

— *Too late,* c'est juste d'la grand-route. T'aurais dû y penser avant qu'on parte.

— Je l'savais-tu moé? Pas grave, m'a me retenir.

— *Good boy!* ricanai-je en faisant mine de parler à mon chien. Ce sera pas si long que ça.

En effet, l'heure passa très vite, d'autant plus que Marc-André ne rata pas une occasion de me faire rire; il parvint même à faire sourire Marie-Ève à deux ou trois reprises. Finalement, nous quittâmes la grand-route pour nous engager dans un petit chemin de campagne, puis un sentier de gravier qui nous conduisit au lac.

—N'est-ce pas que c'est beau? soupira Annabelle une fois que nous fûmes réunis près de la berge.

—Super. *Sorry boys, piss time!* cria Marc-André en s'engouffrant dans le bois.

—Tu as raison, c'est vraiment beau, déclara Marie-Ève.

Le décor était splendide dans le soleil fondant. Le lac faisait un immense rectangle de soie bleue irisée d'or. Feuillus et conifères brodaient une dentelle qui bruissait doucement au vent.

—T'sais, c'est genre l'endroit idéal pour fumer et regarder les étoiles! Hein, Phil? dit Gabriel en tapant sur l'épaule de son ami.

—C'est vrai que c'est agréable ici.

—Pis vous avez trouvé à passer le temps en auto? s'enquit notre hôtesse.

—On a parlé de ben des choses. De bière, de Jocelyn Monette...

—Oh, lui, c'est plate qu'y s'en aille. Les élèves l'aimaient vraiment. Pis il a un si beau derrière.

—Comment ça un beau derrière? demanda Vincent, visiblement vexé.

—Ben, pas aussi beau que le tien, mais pas pire pantoute.

— Quessé que vous y trouvez à c'te derrière-là, cou'donc? demanda Marc-André qui surgissait du bois tout en fermant sa braguette. C'est tout ce que j'entends quand une fille parle de Monette, son derrière. Ça, les filles, ça s'appelle transformer quelqu'un en objet. Pas beau ça, pas beau du tout.

—Tu peux ben parler, toi. Pourquoi d'abord tu demandes à tout le monde de prendre des photos de Valérie Anderson?

—Ça, c'est différent. C'est parce que... parce que... Ah, pis j'm'en crisse, a l'a des seins du taba-rouette, pis ça me rend heureux.

—Bien répondu, Marc, dis-je entre deux éclats de rire.

—Merci, merci. Si ces paroles sont si puissantes dans leurs entrailles mêmes, dit-il en imitant l'accent français de Bernard Pivot, c'est qu'elles sont véridiques dans toute leur splendeur. Vous n'avez qu'à la regarder jouer au volley-ball. Holà!

Il y eut un éclat de rire général dont l'écho se répercuta, j'en suis sûr, jusque de l'autre côté du lac. Marc-André, fier de sa performance et de son éloquence, s'ouvrit une Boomerang qu'il but pratiquement d'un trait. Il envoya sa bouteille valser dans le coffre de la voiture et, comme nous avions commencé à le faire tous, il sortit ses bagages.

—Y'a juste quatre chambres dans le chalet pis... comme Vincent et moi on va en prendre une, y vous en reste trois pour vous cinq. Ça fait que vous arrangerez ça entre vous autres. De toute façon, on est tous copains ici.

— C'est vrai ça, dis-je. On s'occupera de ça tout à l'heure.

—Ben, faudrait savoir dans quelle chambre sacrer nos paquets, me dit Marc-André.

— *Good point.* Bon ben moi, ça me dérange pas de partager une chambre avec quelqu'un. Y en a-tu un qui voudrait dormir tout seul?

Personne ne répondit. Tous semblaient envisager des possibilités, visualiser des combinaisons, évaluer des situations. Marie-Ève se mordait la lèvre comme si elle avait voulu dire quelque chose et qu'elle s'en empêchait.

—Bon ben, voilà c'que j'pense, annonça Marc-André. Moi pis François, on va en prendre une parce qu'on a du travail à faire. Gab pis Phil vont en prendre une pour pouvoir fumer en paix.

Pis ma chère Marie-Ève, vous aurez, puisque vous êtes de la gent féminine, votre chambre à vous seule.

—Ça marche, dis-je en me dirigeant vers la porte du chalet. Mais de quel travail parles-tu? demandai-je en rigolant.

Il se contenta de me faire un clin d'œil en tapotant sa poche de pantalon où se trouvait notre carnet consacré au palmarès des filles du Collège.

Tandis que nous déballions nos valises bourrées à craquer, Gabriel fit hurler sa chaîne stéréo portative.

—Hey, j'espère que tu vas l'éteindre la nuit! lui lança Marc-André par l'embrasure de la porte.

—Inquiète-toi pas, cria Gabriel, c'est genre le soir, m'a mettre des écouteurs, parce que chus sûr que Phil y veut dormir.

Satisfait d'avoir délimité son territoire, Marc-André s'affaissa sur le lit.

—On va avoir du pain sur la planche, lança-t-il en brandissant le fameux carnet, parce qu'on a juste la première place à date. Mais c'est pas grave, on a en masse de temps pis de bière. Hey, as-tu vu une place dehors pour faire un feu? s'enquit-il tout à coup, parce que je suis le prince de la cuisson sur grille. Même sans grille, je fais ça avec un bout de bois, pis *attaboy* que c'est bon.

—T'as-tu amené des *steaks*?

—Oh oui. On va bien bouffer. C'est-tu bon d'la viande!

— Gros prédateur carnivore que tu es! ironisai-je en levant les bras au ciel.

— J'ai mes moments, me répondit-il en souriant à pleines dents. Ouais ben, ça va être *cool* ce week-end-là.

— Ça, c'est sûr. On a tout pour avoir du *fun*. Y'a rien qui peut rater.

Je regardai par la fenêtre. Il était plus de vingt et une heures et le soleil avait disparu sous l'horizon. La lune déposait son reflet sur le lac sans ride. Le calme régnait, propice à la rêverie et à la réflexion. Douce comme de la ouate, la nature nous berçait, réparant nos forces et notre désordre intérieur.

Je souris en pensant que Carl aurait apprécié l'endroit et la sortie. Il avait été un vrai boute-en-train.

— Ouais, y'a rien qui peut rater, répétai-je une deuxième fois pour être certain de conjurer le mauvais sort.

Je finis de défaire ma valise et allai rejoindre les autres dans la cuisine avec mes provisions, sans savoir que cette fin de semaine couvait de grands changements.

Chapitre 2 : Annabelle devant l'aube, Marc-André face au crépuscule

Cette première soirée se déroula dans le calme et le confort. Épuisés par des semaines de travaux forcés, nous n'avions pas eu l'énergie d'envisager une autre activité que celle de discuter de tout et de rien sur le balcon, devant le lac.

Après une bonne nuit de repos, nous tenions la forme. Le fait de se retrouver tous ensemble loin du train-train quotidien nous avait survoltés. Nous avions nagé, ramé, exploré l'îlot du lac, pris du soleil, fait de la randonnée en forêt, joué au volley-ball et avions même fait une bataille de sable mouillé. Bref, la journée s'était passée dans l'insouciance la plus totale, et c'était bon.

Au souper, Marc-André nous prépara sa fameuse spécialité : *steak* sur le feu, cuit à l'aide d'une branche, qui s'avéra, ma foi, délicieux. La saine fatigue et la bière aidant, tout le monde s'anima autour de la table. Blagues salées, sujets pimentés, des performances sportives jusqu'aux derniers vidéoclips, en passant par la politique, la conversation roulait. Même Vincent me paraissait plus sympathique que la veille, bien que ses intentions, on s'en doutait, n'avaient pas changé. Impayable comme d'habitude, avec sa façon de raconter qui rendait même le compte rendu d'une visite chez le nettoyeur amusant, Marc-André nous avait fait rire aux éclats. Vint un creux après les rires dont Philippe s'empara.

—Hey, tout le monde. Où est-ce que vous vous voyez dans dix ans?

La question, qui était sans doute l'aboutissement d'une réflexion personnelle de plusieurs semaines, nous prit par surprise et nous restâmes silencieux un moment, jusqu'à ce qu'Annabelle se risque à répondre.

—Moi, j'me vois dans l'informatique, à la tête d'une compagnie. Je sais pas si je vais être mariée, mais je vais avoir de l'argent pour m'acheter tout ce que je veux. Pis j'aurai pus jamais besoin de demander quoi que ce soit à quelqu'un.

—Moi, j'vais être encore bohème, mais ma blonde va être à la tête d'une grosse compagnie d'informatique pis a va m'acheter tout ce que je veux, commença à dire Marc-André sur un ton pince-sans-rire qui nous fit bien rigoler. Non, sérieusement, enchaîna-t-il, m'a être où est-ce que m'a être. Ça m'importe pas beaucoup. Tout ce que j'espère, c'est d'avoir du *fun*, peu importe la vie que je mène. C'est tout. Ah oui, ça pis encore être capable de bien visualiser Valérie Anderson. C'est juste ça que je demande.

—Chus d'accord avec toi, dis-je à mon tour. Ça dérange pas beaucoup ce que j'vais faire, en autant qu'on soit heureux. Pis je dis « on » parce que j'espère bien que dans dix ans, j'vais encore vous avoir comme amis.

Au fond, je souhaitais vivement conserver mes amis et qu'ils aient autant de plaisir à me fréquenter que moi j'en avais à les côtoyer. J'avais cependant gardé pour moi le rêve de devenir écrivain, de peur d'être jugé, comme si c'était une tare. Je n'eus pas longtemps le loisir de me demander pourquoi je m'en étais caché.

— Moi, annonça Marie-Ève, j'aimerais ça être loin d'ici et de tout. M'éloigner de ce que je connais et de qui me connaît. Devenir médecin pratiquement dans l'anonymat. Recommencer ce que je suis. Ça fait bizarre, mais c'est ça que je ressens.

Je songeai que si moi j'avais caché certains de mes espoirs, Marie-Ève, elle, cachait une grande douleur intérieure.

— Ben moi, c'est genre, j'veux avoir la vie parfaite. J'veux genre vivre à Los Angeles avec, style, la fille la plus *hot* qu'y'a là-bas. Pis j'veux une *job* à la bourse et être reconnu pour mon instinct financier. Ça, ce serait une vie à mon goût.

Vincent n'osa pas prendre le relais de Gabriel, ayant eu la présence d'esprit de comprendre que la question ne s'adressait pas vraiment à lui.

— Moi, dit Philippe, la seule chose que je souhaite, c'est que dans dix ans, je me souvienne encore de Carl comme d'une personne extraordinaire.

Il y eut un long silence, non pas par malaise, mais

par respect. Mon esprit était embué, comme celui de mes camarades certainement, mais un calme régénérateur m'habitait. À ce moment, j'eus la ferme impression que nous étions enfin capables de surmonter la douleur du deuil, conscients de pouvoir nous adapter à la vie sans lui. Les liens que Carl avait tissés entre nous étaient l'héritage qu'il nous avait laissé, et nous lui en étions reconnaissants.

Comme si Philippe venait de faire solennellement ses adieux à son grand ami disparu, il se leva calmement et nous salua avant d'aller se coucher.

—Merci, Phil, dis-je en me levant à mon tour, prenant aussitôt conscience du fait que j'avais plutôt voulu lui dire «bonne nuit».

Tout le monde se leva pour imiter Philippe. Les effets de l'alcool s'étaient soudainement dissipés chez moi et, bizarrement, je ne ressentais plus la fatigue de tantôt. Je montai diligemment à ma chambre. Marc-André signifia à Gabriel, par des coups de pied dans le mur, de brancher ses écouteurs, et il s'écroula sur le lit.

—J'suis vraiment mort, soupira-t-il sans même prendre la peine de se déshabiller.

—Ouais, dis-je en essayant de bâiller, y était temps qu'on se couche.

—M'a dire comme toi. *Good night, buddy.*

Après une bonne heure à tourner dans mes draps comme une girouette, cherchant en vain le sommeil, je me résignai à faire une promenade dehors. Je tombai nez à nez avec Marie-Ève dans le corridor.

— Salut, murmura-t-elle, qu'est ce que tu fais ici?

— Je suis pas capable de dormir, alors je vais aller faire un tour dehors. Toi?

Son beau visage était préoccupé, mais elle restait fermée comme une huître. Je portais un intérêt sincère à ses pensées, mais je la connaissais assez bien pour savoir qu'elle détestait qu'on lui arrache les mots de la bouche.

— Moi? Je pouvais pas dormir... Des problèmes qu'y fallait que je règle dans ma tête avant de me coucher. Et là, j'ai pris des décisions, mais j'ai plus vraiment le goût de dormir. C'est drôle, hein?

— Des décisions? Ouais... À bien y penser, moi aussi y'a des problèmes qu'y faut que je règle dans ma tête, alors que je vais prendre l'air. Si jamais t'as le goût de parler, viens me rejoindre.

Elle me sourit et je sortis. Le quai de bois roulait doucement au gré des vagues et le clapotis de l'eau me parut si harmonieux sous le ciel émaillé d'étoiles que j'en eus la gorge serrée, comme si je venais de me faire attendrir par le sourire d'un enfant. L'eau parlait au ciel et cette pensée m'émut. Le visage de Marie-Ève se forma dans mon esprit et je me pris à penser à quel point elle avait raison de s'émerveiller devant la beauté des choses.

Debout au milieu de cette étoffe noire luisante de vie, je me sentis enveloppé, touché jusqu'au fond de mon âme. J'avais une âme et, tout à coup, elle prenait toute sa valeur à mes yeux.

Des râles provenant du chalet me sortirent de mes pensées. Je devinais ce qu'Annabelle et Vincent étaient en train de faire et me demandai ce qu'ils pouvaient bien ressentir l'un pour l'autre, puisqu'ils me semblaient si différents. Les cris s'amplifièrent, puis le silence se réinstalla.

Je m'assis au bord du quai, les pieds dans l'eau. Les reflets d'étoiles dansaient sur le lac et la brise faisait chuchoter le feuillage. « Dans dix ans, pensai-je, peut-être que j'habiterai un endroit comme celui-ci, capable de nourrir mon écriture, de m'interpeller. »

—François?

Je sursautai. Annabelle s'était approchée sans bruit. Elle s'assit à mes côtés, sur le quai qui tangua en battant l'eau, et rabattit son grand chandail sur ses genoux qu'elle serra dans ses bras. Dans le clair-obscur de cette nuit étoilée, ses traits me parurent plus graves.

— Qu'y a-t-il, Annabelle?

— Je peux te parler une minute?

Je fus surpris du ton sérieux de sa voix. Nous étions amis, mais elle ne m'avait jamais choisi comme confident auparavant.

—Bien sûr, dis-je en ramenant également mes genoux contre moi, y'a-tu un problème?

— Oui. C'est à propos de Vincent. On vient de...

—Oui, je sais, je vous ai entendus.

—Ah? Bon, ben c'est pas comme si c'était la pre-mière fois que je le faisais. Pis de toute façon, j'ai toujours considéré le sexe pis l'amour comme deux choses différentes.

—J'vois pas le mal là-dedans, répondis-je, un peu décontenancé par son approche directe.

—Moi non plus, sauf qu'avec du recul, j'me rends compte que j'ai couché avec beaucoup plus de gars que j'en ai aimés. Tantôt, avec Vincent, en plein milieu, je me suis demandé si je l'aimais. Je savais que la réponse c'était non, mais j'aurais tellement voulu sentir que oui. En fait, de tous les gars avec qui j'ai couché, je pense que j'en ai pas aimé un crisse! J'pense que j'ai jamais aimé, pis j'ai peur, François, j'ai peur de jamais être capable d'aimer!

Elle éclata en sanglots et j'en perdis mes mots. Cette fille étonnamment forte de caractère, sans gêne comme pas deux, habituellement sûre d'elle, cette fille pleurait toutes les larmes de son corps sans que je sache quoi faire. Je mis un bras hésitant sur ses épaules. Elle se blottit contre moi et je ressentis alors une grande tendresse pour elle. Inspiré par la tranquillité du lac, je fermai les yeux et appuyai ma tête contre la sienne.

Nous restâmes des heures ainsi, muets et pour-tant complices.

Lorsque je rouvris les yeux, le soleil commençait à poindre à l'horizon. Annabelle frissonnait comme une feuille, les yeux toujours clos. Je me sentais courbaturé, mais en paix avec moi-même.

— Annabelle?

Elle leva la tête et me regarda, un sourire timidement dessiné sur ses lèvres. Les larmes avaient gonflé ses yeux, mais le soulagement de s'être libérée d'un fardeau pouvait se lire sur son visage.

— Ça va mieux? dis-je encore.

— Oui, je te remercie, François.

Nous relâchâmes notre étreinte, endoloris d'être restés si longtemps immobiles. Comme nous étions en train de nous relever, une idée me vint comme un éclair.

—Annabelle? T'sais... Marie-Ève a m'a dit un jour que t'avais un ami qui habitait à la campagne.

— Oui. Il s'appelle Thomas. Pourquoi?

—Ben, a m'a dit que de la manière dont t'en parlais, t'avais l'air à l'aimer beaucoup.

— J'comprends, c'est un de mes meilleurs amis.

— À l'aimer plus que ça, même.

Son expression se figea tandis que quelque chose se cristallisait dans son esprit et prenait soudain toute la place.

— Mais on est jamais sortis ensemble, si c'est ce que tu veux dire.

—Elle est peut-être là, ta réponse. Marie-Ève m'a dit que Thomas et toi vous feriez n'importe quoi l'un pour l'autre. C'est peut-être juste ça, aimer. As-tu vraiment besoin de coucher avec quelqu'un pour ressentir quelque chose ou pour te sentir aimée? lui demandai-je.

Elle réfléchit un moment, en regardant le lac s'allumer aux premières lueurs du jour. Elle semblait avoir rajeuni de dix ans.

— C'est une bonne question, me dit-elle en souriant. Je vais y réfléchir. François, j'veux te dire que... ben...

— C'est pas nécessaire, enchaînai-je pour soulager sa gêne. Moi aussi, je t'aime bien, Annabelle.

— Je vais aller faire un tour, me dit-elle après avoir déposé un baiser sur mon front, tu viens?

— Non merci. C'est le moment que moi aussi je me pose des questions.

— Quessé tu veux dire?

— Je t'en reparlerai.

Elle prit la direction de la forêt. J'entendis la porte du chalet grincer et vit Marc-André en sortir, vêtu d'un vieux tee-shirt et d'un bermuda de jean délavé. Il s'accouda à la balustrade du balcon et posa deux bières sur la rampe. Lorsqu'il m'aperçut venir à lui, il m'en lança une.

— *There you go, buddy.*

— D'la bière? Au déjeuner? lui dis-je en le rejoignant.

— N'importe quand dans la journée, c'est bon. C'est la fameuse Angus. Fallait bien y goûter à un moment donné.

— Ouais. Depuis le temps qu'on en parle.

Une fois nos bouteilles décapsulées, nous en prîmes une bonne gorgée que nous recrachâmes aussitôt. D'un commun accord, nous les vidâmes prestement par-dessus la rampe, dans l'herbe.

— S'cusez les bibittes! cria Marc-André. T'es levé depuis quand toi?

— Une couple d'heures, mentis-je pour protéger le secret d'Annabelle. Il est quelle heure, là?

— Cinq heures quarante. T'es matinal vrai.

— Ouais. J'ai commencé à me lever de bonne heure.

— Quessé tu veux dire?

— Oublie ça, c'est la Angus qui me fait parler.

— Hey, méchante pourriture toi. Sacrifice! Ark! Pus jamais, estie, pus jamais.

— Comme t'as dit, fallait ben y goûter à un moment donné.

— Ouais, pis une fois c'est assez m'a te dire.

Tous deux accoudés à la balustrade, nous devînmes silencieux en contemplant le lac qui chatoyait sous le soleil levant. Je regardai en coulisse mon ami. Il m'apparaissait différent depuis quelque temps; certes, il avait gardé son côté tombeur et bon vivant qui le rendait si sympathique, mais je le surprenais de plus en plus à sourire mélancoliquement, devant un paysage, par exemple, ou en regardant de jeunes élèves de l'école.

Une question me brûlait les lèvres depuis un

bout de temps et je n'avais pas eu le courage de la lui poser. Je n'étais pas sûr de trouver les mots, surtout que je n'étais pas certain qu'elle soit utile. Mais l'étreinte que je venais de partager avec Annabelle avait clarifié tellement de choses en si peu de temps que je m'en sentais grandi. N'y tenant plus, je me tournai carrément vers lui.

— Marc, à quoi elle ressemble, Valérie Anderson?

— Quessé tu veux dire à quoi a ressemble, ricana-t-il en imitant la forme d'une énorme paire de seins avec ses mains.

— Nonon. Je veux dire son visage, la couleur de ses yeux, la forme de sa bouche, de son nez. Le son de sa voix, son rire, des choses comme ça. Essaie de te rappeler.

Il demeura silencieux quelques secondes. Je vis que l'exercice lui paraissait futile, mais il s'y efforça pour me faire plaisir. Et soudain, il comprit où je voulais en venir. Il comprit que toutes ces années à idolâtrer le corps de Valérie Anderson lui avait fait oublier qu'elle était une personne, un être humain, une âme avec des forces et des faiblesses, une personne à découvrir. Ses yeux rapetissèrent et se remplirent d'eau. C'est avec une voix serrée par l'émotion qu'il me répondit.

— Je peux pas.

— Moi non plus, lui répondis-je tout bas, moi non plus.

— Je suis vraiment désolé.

—Et moi donc.

Et c'est là, appuyé à la rampe d'un chalet qui lui était étranger, que mon ami Marc-André pleura pour la première fois devant moi. Il pleura en silence, laissant les larmes sortir de lui une douleur qu'il ne s'était jamais avouée.

Je ne me sentis pas coupable d'avoir cassé un jeu, celui-là même qui venait de me claquer dans les mains et qui m'avait permis de comprendre qu'on ne joue pas avec les gens.

Marc-André pleurait, conscient de toutes ces fois où il avait agi de la sorte. Toutes ces fois où son regard égoïste l'avait empêché de voir au dehors de lui, de ressentir du respect pour les autres. J'étais aussi fautif que lui et aujourd'hui, c'en était fini d'être aveugle.

Nous restâmes là tous les deux, tout petits devant le lac, devant le monde.

Chapitre 3 : Les adieux de David

Le retour en ville se fit sans heurt, même si Annabelle et Vincent ne se parlaient plus, préférant ne pas voyager dans le même véhicule. Il était visiblement froissé, touché publiquement dans son orgueil, mais Annabelle était en paix avec elle-même. À relation superficielle, adieux superficiels.

Marc-André ne desserra presque pas les dents du trajet. Il avait passé une grande partie de la journée à ramer sur le lac, probablement à ruminer ma terrible question, ou plutôt notre terrible réponse. Pour ma part, cette fin de semaine m'avait permis de prendre conscience de mon rôle d'ami. J'étais davantage à l'écoute des autres, et un peu moins centré sur moi-même.

La reprise des cours marqua le début de la grande révision. Mais le Collège était hanté. Partout on sentait l'imminence d'une fin, avec son lot d'angoisses, d'impatience, de dissensions, de poussées émotives. Juin apportait le rêve de l'été, mais en même temps la peur de l'isolement, davantage pour les élèves du cinquième niveau qui entrevoyaient la bifurcation des chemins. La perspective des longues vacances estivales ne m'apportait personnellement, cette année, aucune béatitude.

Je ne parlais pratiquement plus à Jocelyn Monette. Nos vies s'éloignaient de la même manière qu'elles s'étaient croisées, dans des circonstances difficiles et marquantes.

Voilà que le temps passait et me rendait nostalgique. Un soir de juin, j'allai voir un film au cinéma Parisien, celui qui avait tant de fois accueilli mes états d'âme, qui avait été le refuge de mes souffrances. Peu m'importait d'avoir vu Cyrano de Bergerac des dizaines de fois déjà, c'était là que je voulais être.

Par inattention ou étourderie, je ne sais pas, je débarquai quelques arrêts trop tôt. Je me dis que, en fin de compte, c'était parfait pour me dégourdir les jambes et m'aérer l'esprit. J'empruntai un chemin familier, la rue Giroux, celle longeant la rivière.

Sur un petit terre-plein garni de quelques bancs, un homme observait tranquillement la rivière d'encre. Surpris et heureux, je reconnus la silhouette et la chevelure de David.

Enfin, j'allais pouvoir lui parler, le questionner comme je le faisais inlassablement depuis quelques années, et lui me répondrait comme d'habitude avec gentillesse et clairvoyance. Un sourire me vint aux lèvres à l'idée de cette scène qui m'était devenue familière et réconfortante.

—Hé, David! l'interpellai-je en pressant le pas vers lui.

Il se retourna. Un sourire, mélancolique et étrange, faisait légèrement tressaillir ses lèvres. Dans l'éclairage orangé des lampadaires du théâtre Robert-Fournier, au milieu des ombres mouvantes des saules pleureurs, j'eus l'impression d'être en présence de quelqu'un beaucoup plus grand qu'il ne paraissait.

—Salut, François. Je savais bien que tu passerais par ici ce soir. Assieds-toi, s'il te plaît, j'ai à te parler.

Je restai un bref instant dérouté du renversement des rôles. Pour la première fois, c'était lui qui affichait une mine perplexe.

—Qu'est-ce qu'il y a? Est-ce que ça va? demandai-je, inquiet pour lui.

— Je voulais te dire au revoir.

—Comment ça, au revoir? Tu t'en vas?

—En effet. Le travail que j'avais à faire ici se termine ce soir. J'ai rempli ma tâche et d'autres attributions m'appellent... ailleurs.

— Ailleurs? Quelles attributions? David tu peux pas partir comme ça! T'es comme un frère pour moi. J'veux pas perdre mon frère!

—Ça me flatte que tu me dises ça, François, mais faut que je parte. On m'a confié un poste de coopérant à l'étranger. C'est mon devoir de partir, y'a plein de jeunes dans le besoin. Par contre, le fait que je parte ne veut pas dire qu'on doive oublier les bons moments. Eh! En l'honneur de toutes ces années, tu peux me poser quelques questions. C'est ma tournée!

Il rit de bon cœur et cela mit un peu de baume sur ma tristesse. Je ne pouvais pas croire que j'allais perdre un autre ami. Sur le coup, je trouvai cela injuste, puis je me dis que j'avais eu l'incroyable chance de le rencontrer, et que d'autres personnes sauraient certainement apprécier ce cadeau, ailleurs.

— As-tu une blonde, David?

— Oui, elle s'appelle Tess.

— Tu l'aimes beaucoup?

— Oh! oui. Plus que tout au monde.

— Ben... comment t'as fait pour savoir que tu l'aimais? J'veux dire, comment t'as pu faire la différence entre l'amour pis un *kick*.

— J'ai pas eu à me forcer pour le savoir. Je l'ai senti, c'est tout. On le sent toujours dans le fond quand on aime quelqu'un. Ça nous habite. Des fois, c'est tellement naturel et confortable, qu'on peut croire que ça a toujours été là et que c'est rien de bien extraordinaire parce qu'il n'y a pas de feu d'artifice. Parfois, les événements font en sorte qu'on passe tout près de perdre ce bien précieux et on se rend compte tout à coup qu'on ne pourrait pas vivre sans. Tu comprends?

— J'pense que oui.

— Tu l'aimes beaucoup, Marie-Ève? me demanda-t-il avec un sourire.

— Oui... oui, balbutiai-je, mais je vois pas pourquoi tu me demandes ça.

— Avec ce que tu m'as déjà raconté, vous m'avez l'air d'être très proches.

— On est de très bons amis.

— Et tu ferais-tu n'importe quoi pour elle?

— Absolument. Tout pour Marie.

— Et tu pourrais te confier à elle?

— Sûr. Je me sens à l'aise avec Marie-Ève. J'aime ça être avec elle, juste de penser à elle me rend heureux, et je...

Je m'arrêtai. Les dernières pièces d'un grand casse-tête venaient de tomber en place. Marie-Ève, ma chère et grande amie. Elle m'aurait demandé de marcher sur l'eau pour la faire rire que je l'aurais fait, jusqu'aux yeux. Je regardai David avec un sourire de gratitude et il me tapa sur l'épaule gentiment, en guise de conclusion.

—C'est drôle, dis-je en me levant pour faire quelques pas en direction de la rivière, j'ai passé les dernières semaines à poser un voyage de questions à mes amis, comme si je voulais leur fournir des réponses, pis j'étais même pas capable de me les poser. Bizarre hein?

—C'est plutôt normal, me répondit-il en riant. La plupart du temps, c'est plus facile d'apporter des solutions aux problèmes des autres que de régler les nôtres.

Une voiture passa au loin. La nuit était devenue très calme, orchestrée par la sérénade des grillons. David fixait le ciel. Ses lèvres remuaient doucement, d'un mouvement presque imperceptible. Il semblait parler aux étoiles, ou chantonner une chanson dans sa tête.

—David, j'peux pas croire que tu t'en vas! dis-je

un peu fort, tout en lui empoignant le bras. T'es comme ma conscience. J'ai encore tellement à apprendre de toi.

—Faux. Le meilleur enseignant que tu puisses avoir, c'est toi-même. Moi, tout ce que j'ai fait, c'est de t'avoir écouté poser tes questions à voix haute. Je te l'ai dit, je dois partir, mais j'emporte avec moi l'image d'un gars lucide, au grand cœur. Pis t'as même plus besoin de réveil pour te lever à l'heure!

Il regarda sa montre tandis que je cherchais des mots pour lui demander une adresse ou un numéro, mais il soupira avec une intensité qui finit de me convaincre de ne pas dépasser les limites de ce que j'avais déjà reçu.

—Il se fait tard, dit-il en se levant. Je ferais mieux d'y aller. Mais avant de partir, je veux te dire une chose très importante. Il est toujours assez tôt et jamais trop tard pour profiter de la vie, et je ne parle pas des petits luxes qu'elle peut nous offrir; je parle de ce qui se trouve en dedans de nous, de ce qui nous nourrit et qui nous motive à continuer. La vie est là, tout autour de toi. T'as qu'à t'engager. À mon tour de te poser une question: pourquoi aimes-tu?

— Aimes-tu quoi?

— Non. Pourquoi aimes-tu?

— Je... je sais pas.

—Parce que ça te nourrit. C'est aussi simple que ça. Il y a des choses qui sont beaucoup trop belles pour qu'on essaie de les analyser. L'amour en est une, l'amitié en est une autre. C'est si complet et si simple que tout le monde part à leur recherche et cela n'a de cesse que lorsqu'il les a trouvées. Toi et moi, on est chanceux, on sait que ça se trouve.

Il fit quelques pas en direction de la rivière.

— Hey, David! Attends! Où est-ce que tu vas être? Est-ce que je vais te revoir un jour?

— Peut-être un jour, quand on sera vieux. Et toi, en attendant, qu'est-ce que tu comptes faire?

J'allais répondre que je ne savais pas quand, soudain, la clarté jaillit dans mon esprit. Tout semblait si évident.

Il rebroussa chemin vers moi et me fixa une dernière fois de son regard profond. Je vis la lune apparaître juste derrière lui au sortir d'un nuage, et on aurait dit que la nature retenait son souffle, tout comme moi. Même la rivière s'était tue. J'avais une boule d'émotion dans la gorge prête à exploser. David posa ses mains sur mes épaules et sa sérénité me calma.

— Au revoir, François. Bonne chance et surtout, bonne vie.

— Salut, David. Merci pour tout.

Il tourna lentement les talons et emprunta le sentier qui surplombait la rivière. Lui qui semblait d'habitude si solide et confiant m'apparaissait soudain dans toute sa fragilité, comme s'il portait le poids du monde sur ses épaules. Je regardai bouger l'ombre disproportionnée de David contre le mur pâle du théâtre. Pendant un bref instant, sa silhouette croisa la tache sombre d'un saule pleureur et j'eus l'impression qu'il avait des ailes.

Il était maintenant posté devant la rivière, sans doute pour en contempler le cours. J'étais brisé à l'idée qu'il devait partir, mais en même temps, il m'avait fait cadeau d'un regard neuf et optimiste. J'essuyai mes yeux brouillés par l'émotion. Quand je les ouvris de nouveau, il avait disparu de mon champ de vision, comme ça, sans prévenir.

Mon guide, mon mentor était parti et j'en eus un pincement au cœur. Une légère brise me caressa le visage, comme si mon ami m'avait adressé une dernière salutation.

—Au revoir, David, murmurai-je pour moi-même.

J'attendis encore quelques instants, comme si le miracle de son retour avait pu se produire, et finalement résigné, je me mis en route vers l'objectif le plus important de toute ma vie.

Chapitre 4 : La longue marche

Tout n'était que noirceur autour de moi à l'exception des quelques taches blafardes que jetaient les lampadaires dans la nuit. J'étais seul, marchant d'un pas furieux, comme si je n'en pouvais plus du temps perdu.

J'en avais assez d'être dans un moule. Assez d'une « gagne » dans laquelle il se passait tellement de choses, mais où rien ne se disait, où l'on se sentait intime comme nulle part ailleurs et où on ne pouvait même pas le dire de peur d'être jugé. Où le moindre petit élan d'affection était aussitôt tourné en ridicule par crainte de se faire accuser de travers sexuels. Assez des enseignants désabusés qui n'avaient plus de flamme à relayer à leurs élèves. Assez de la hiérarchie scolaire implicite qui isolait les niveaux les uns des autres.

Assez des filles qui ne s'offusquaient pas de ce qu'on les traite en objet et qu'on leur manque de respect. De la superficialité qui se propageait de nos téléviseurs à notre vie et qui influençait le choix de nos fréquentations.

Assez d'une société où le « politiquement correct » devenait superficialité. Des fanatiques religieux incapables d'une quelconque ouverture d'esprit. Des indépendantistes enragés qui traitaient les autres de peureux et des fédéralistes froissés qui accusaient leurs rivaux d'anarchisme. Des politiciens qui changeaient d'idée comme de chemise. Des artistes qui faisaient une propagande irréfléchie de marques et de logos. Des réalisateurs de films qui tarissaient la source à force de suites et de nouvelles versions. Des athlètes payés à coup de millions et trop blasés pour signer des autographes à la sortie d'un stade.

Assez de tout, de moi, de ce que j'étais devenu et de ce que je n'avais pas encore réussi à être. La surface des choses ne pouvait plus me contenter; je voulais plonger, comprendre, m'investir.

Pour la première fois de ma vie, j'avais contemplé ce que j'avais fait de mes belles idées d'enfance et de mes valeurs, et j'étais amèrement déçu, attristé de ma couardise.

Et pourquoi aurait-il fallu que le fait d'exprimer ses sentiments soit une source de honte? Il était temps que j'avoue à mes amis que je les aimais et qu'ils sachent combien ils me manqueraient lorsque nos vies emprunteraient différents chemins. J'avais des tas de choses à clamer : mon courage face à la vie; ma loyauté à l'égard de mes bonnes amies; ma révolte contre l'attitude des gars qui ne parlent aux filles que pour mieux voir leurs seins; la petitesse d'esprit des gens qui dénigrent les arts en pensant qu'ils sont inutiles à l'économie; la mesquinerie de ceux qui cherchent toujours à démolir quelqu'un pour se sentir bien dans leur peau; et tant d'autres choses encore!

En m'accordant le droit de m'exprimer et d'être authentique, je sentais que j'allais enfin vivre, que j'allais sortir de ma cage, de cette armure que je m'étais forgée depuis seize ans à force de piétiner mes sentiments et mes émotions.

Tout à coup, je me rendis compte que mes pas m'avaient reconduit à la maison, comme si un pilote automatique avait guidé ma route, comme s'il fallait que je sois là pour boucler la boucle de mon introspection.

La vue d'une silhouette dans la nuit, assise dans les marches menant chez moi, m'extirpa de mes réflexions. Je ne sais pas pourquoi je pensai à Carl en cet instant précis, mais la forme se décida à se lever, à prendre lentement son sac à dos et à marcher vers moi.

Une belle fille aux traits hispaniques, au pas aérien, aux longs cheveux de jais se posta devant moi. Sans briser le silence, elle me fixa de ses yeux sombres que la lueur de la lune rendait encore plus mystérieux. Un sourire plein de tendresse se dessina sur ses lèvres. Je pouvais humer le parfum d'agrumes qui se dégageait d'elle.

— Tu es bien François? se risqua-t-elle à me demander.

Son visage était doux. Je fis signe que oui d'un hochement timide de la tête.

— Je suis contente de te rencontrer enfin. Je m'appelle Chantal.

C'était elle, Chantal, la flamme de Carl! La lumière de sa métamorphose. La cause de son exaltation, de son éveil. Elle m'observa un court instant, sans doute inquiète de mon silence et de l'expression décontenancée de mon visage, puis poursuivit.

— Je suis... enfin... j'étais l'amie de...

—Oui, je sais, dis-je aussitôt pour la soulager d'avoir à trouver les mots. Carl m'avait parlé de toi. Euh, veux-tu entrer?

—Non, ça ne sera pas nécessaire. Fallait juste que je te remette quelque chose.

Elle glissa sa main dans la poche de son chemisier blanc et en sortit une enveloppe ne portant que mon nom.

—Tiens, dit-elle, c'est un mot de Carl. Il me l'a envoyé à Val-d'Or quelques jours avant que... Y voulait que je te la remette.

Elle baissa la tête, cherchant ses mots par terre. Pendant un court instant, son corps tressaillit en tentant de retenir des sanglots. Je ne savais pas quoi dire pour lui changer les idées, puis je pensai qu'elle était peut-être exactement là où elle voulait être et que je devais respecter son silence. Quand elle releva la tête, des larmes glissaient le long de ses joues satinées, mais elle avait retrouvé sa sérénité. Elle inspira profondément et me sourit.

—Carl tenait à ce que je te donne cette lettre en juin. Je ne peux pas te dire pourquoi, mais telle était sa volonté. Il m'a beaucoup parlé de toi, tu sais, beaucoup. J'pense que t'étais l'ami qui comptait le plus pour lui, son meilleur ami.

—Moi aussi y m'a parlé de toi. Y disait...

Ce fut à mon tour d'avoir la gorge nouée par l'émotion. Les images de cette soirée d'octobre où Carl et moi avions fumé en contemplant le firmament étoilé défilèrent dans ma tête.

—Y me disait à quel point y t'aimait et qu'y'avait jamais rien connu d'aussi beau, parvins-je à ajouter avec un sourire qui dut lui paraître nostalgique.

—Carl et moi avons été très chanceux de nous trouver. Tous ces matins où on se réveillait ensemble... C'était... Je garderai ce souvenir comme un cadeau.

Un silence s'installa et un frisson me traversa soudain le corps, comme si je me trouvais en présence de mon défunt ami.

—Excuse-moi, t'as peut-être pas besoin de savoir ça, dit-elle avec pudeur.

—T'inquiète pas. Mais t'es sûre que tu veux pas entrer un peu? Je t'offre un café ou ce que tu veux.

—Non, François, je peux pas rester plus longtemps. Mon autobus est sur le point d'arriver.

—Tu pars déjà? balbutiai-je, surpris qu'elle ait fait cet interminable voyage pour tenir sa promesse à mon ami.

—J'étais venue remplir les dernières volontés de Carl. Faire ma paix en quelque sorte et te rencontrer aussi. J'ai vu où il habitait, son école, son meilleur ami. J'ai découvert un peu de son monde. Mais mes souvenirs à moi sont là-bas, à Val-d'Or. C'est grâce à eux que... que je vais pouvoir continuer.

Elle me sourit avec tant de douceur que je compris, à cet instant, pourquoi Carl l'avait chérie. Et comme il était chanceux : elle l'aimerait toujours, quoi qu'il arrive. Ses yeux s'allumèrent une nouvelle fois d'étincelles de larmes. Je posai une main sur son épaule pour lui montrer que je partageais la douleur de l'absence, et lui demandai si elle voulait que je la reconduise à l'arrêt d'autobus.

— Non, je te remercie. Je vais te laisser lire la lettre de Carl. Ma mission est remplie. Salut, François, dit-elle en s'éloignant.

— Chantal? lançai-je, conscient que nous ne nous reverrions sans doute jamais.

Elle se retourna tout en enfilant son sac à dos.

— Prends soin de toi, lui dis-je.

— Toi aussi, François. Contente de t'avoir rencontré.

Elle m'adressa un dernier sourire et disparut dans la nuit.

Assis sur les marches de ma demeure, je décachetai fébrilement l'enveloppe et dépliai la lettre, ultime témoignage de mon ami. L'écriture, fine mais masculine, était typique de lui, même si elle paraissait plus fragile. Une bouffée de tristesse m'envahit et me serra la gorge jusqu'à faire mal.

Un soir d'octobre...

Cher François,

L'eau a coulé sous les ponts depuis notre dernière rencontre. N'en veux pas à Chantal de t'avoir remis ma lettre seulement maintenant : c'était ma volonté d'attendre juin et sa lumière. Je regrette seulement de ne pas avoir trouvé les mots pour te dire de vive voix ce que je t'écris.

Mes mains tremblent sur ces lignes. Je ne suis pas encore certain de t'envoyer ce mot, mais l'exercice est nécessaire.

J'ai l'impression d'être loin du Carl que tu as connu et côtoyé pendant quatre ans. Je suis un étranger à moi-même. Le dernier été m'a fait grandir, de révélation en révélation. Je ne vois plus les choses de la même façon. Depuis que j'ai donné mon cœur à Chantal, ma vie a viré à 180 degrés.

Il y a des gens qui pourraient croire que dix-sept ans, c'est pas long. Mais toi et moi, on sait que c'est toute notre vie. J'ai passé la mienne à me faire croire que j'avais pas besoin de m'attacher à quelqu'un pour être heureux. Que j'avais même pas besoin de faire quoi que ce soit pour être heureux. J'ai eu de vrais amis, comme toi et Philippe, mais j'ai jamais voulu être vulnérable par rapport à quelqu'un. Pendant mes années de secondaire, j'ai appris à refouler mes émotions et à ignorer mes instincts. Peut-être parce qu'au début, je voulais pas être là. Ces mécanismes de défense sont devenus des habitudes, ma routine. Je ne voyais plus que j'étais habillé d'une armure. Mon séjour à Val-d'Or ne s'annonçait guère différent du reste, mais tout a changé quand j'ai rencontré Chantal.

Comment la définir? Comment trouver les mots, simples et grands en même temps? Beauté, bonté, ouverture d'esprit et intelligence. Mon amour. Ma belle. Pas besoin d'en dire plus parce que tu auras compris en la voyant. Le mois qu'on a passé ensemble s'est achevé, et c'est loin d'elle que j'ai pris conscience de toute son importance à mes yeux. C'est comme si on m'avait fait cadeau d'un ange et que je ne savais pas comment le mériter. Comme si le Carl qui a toujours pris toute la place était capable de m'empêcher d'aimer sans inhibition.

La veille de mon départ de Val-d'Or, Chantal m'a demandé de m'y installer avec elle. Sur le coup, j'étais exalté, mais le Carl qui avait toujours pris toute la place s'est rebellé. M'enlever mon invulnérabilité? Mes habitudes de fier-à-bras et mon détachement? Je me disais que la vie, c'est bien plus facile quand on n'a pas à se soucier des autres et qu'on n'a pas à se remettre en question constamment. Si on choisit le chemin difficile, il faut s'y adapter sans cesse. Alors j'ai refusé.

Dès l'instant où j'ai fait mon choix, je me suis détesté. J'ai su que je ne me le pardonnerais jamais. Ma honte m'a même empêché de tout avouer à Chantal et j'ai compris que je ne serais jamais à la hauteur.

J'ai longuement médité sur mes actes, sur ma vie. J'ai perdu du temps, des occasions. J'ai essayé de réparer les torts auprès de mes amis à la dernière rentrée scolaire. Mais en traînant le passé comme un boulet, face à un trop grand nombre de portes fermées, de corridors interdits, je me dois de reconnaître un fait troublant : jamais je ne pourrai retrouver le confort superficiel de mes vieilles habitudes. Ma nouvelle conscience m'a fait perdre ce que j'avais, d'une certaine façon.

Je suis resté coincé dans les limbes : entre mon indifférence et mon incompétence à m'engager. C'est bizarre, tu ne trouves pas? Je suis capable de planter un gars, mais j'ai peur de la vie!

Peut-être que tout serait différent si je pouvais surmonter ma nostalgie, mes peurs. Peut-être qu'avec le temps, j'aurais appris à aimer Chantal avec confiance, à vous avouer à quel point je vous aime, vous, mes amis. Mais je n'en ai pas eu la force. Je suis fatigué comme si j'arrivais au terme d'un très long voyage parcouru d'une traite. Fatigué et profondément triste d'avoir peur de mettre mon cœur à nu. Peur de risquer et de perdre. Peur de souffrir pour tous ceux qui souffrent, maintenant que je ne peux plus vivre dans l'indifférence.

Maintenant que j'ai couché ces mots sur du papier, je suis calme. Je repense à la table où nous dînions, à nos messages gravés au couteau, à nos

partys de fous, aux tours que nous avons joués. Salue
de ma part mes chers amis et dis-leur combien je les
aime. Je pense à toi, mon ami, et j'emporte avec moi
le souvenir de quelqu'un qui n'a pas peur de se
réveiller. J'espère que tu m'auras pardonné. Je te
souhaite de réussir là où j'ai échoué.

Je pense à ma famille. À Carole, ma mère, à
Gilles, mon père, et à ma petite sœur, Lisa. Je pense
à la lumière de juin, à la chaleur du soleil, à la
beauté du printemps, à la gravité de mon choix.

Et je pense à Chantal... ma Chantal.
Au revoir mon ami.
Carl

Je repliai tout de suite la lettre avant de diluer
l'encre de mes larmes montantes. Comme Carl me
manquait! Comme j'aurais voulu lui dire les paroles
de David : «Il est toujours assez tôt et jamais trop
tard pour profiter de la vie». J'aurais voulu dire à
Carl que moi aussi j'avais peur, mais que j'allais foncer quand même et que s'il m'arrivait de perdre, je
risquerais encore et encore, jusqu'à ce que la vie
abandonne mon corps.

Marcher, il me fallait marcher. Marcher pour
chasser les sanglots, pour relâcher cette douleur qui
m'oppressait le cœur. J'avançais comme un auto-
mate, sans savoir où cela allait me mener. J'en avais
voulu si longtemps à Carl de m'avoir abandonné, de
m'avoir fait passer par tous les états d'âme du

questionnement pendant des mois, sans m'offrir une piste pour m'orienter.

Je me retrouvai au parc municipal et m'assis sur une petite balançoire. Le vent, les étoiles, le murmure de la nuit me rapportèrent les paroles de David : «La vie est là, tout autour de toi. T'as qu'à t'engager».

Je compris soudain que les années que j'avais crues gaspillées m'avaient servi à me préparer à résister à la difficulté de vivre, mais qu'il était maintenant temps que je fasse confiance à ma force, à mes valeurs et à mes désirs.

—Carl, tu n'aurais pas dû... Tu t'es trompé, il n'est jamais trop tard. Mais je te pardonne. Et j'espère que tu me pardonnes aussi de n'avoir rien vu.

Et tandis que les arbres, le ciel et la lune semblaient observer mon déchirement sans me juger, je me mis à pleurer à chaudes larmes, assis sur ma petite balançoire de bois. À pleurer comme l'enfant que j'étais, sans expérience, sans grand vécu. À évacuer toutes les souffrances intérieures que j'avais ressenties pour devenir ce que j'étais devenu.

Chapitre 5 : Pas trop tard pour apprendre à aimer

La journée tirait à sa fin, mais la chaleur et l'humidité demeuraient intenses. La rue Rondeau grouillait de vie et de circulation depuis quelques jours, et la venue de l'été l'avait métamorphosée. Les arbres pétillaient de verdure et le ciel lumineux bénissait cette petite rue de banlieue.

Le modeste banc servant d'arrêt d'autobus me sembla étonnamment confortable, peut-être parce que ce que je voulais surtout asseoir, c'était mes idées sur la manière d'aborder Marie-Ève.

Elle devait terminer son travail d'une minute à l'autre et je l'attendais avec hâte. Une brise légère me rafraîchit et me calma. Juste à cet instant, mon amie sortit du restaurant et vint s'asseoir à mes côtés, le sourire aux lèvres. Sa beauté me frappa davantage en cette journée et j'en fus troublé. On aurait dit que ses cheveux blonds dansaient au soleil et que ses yeux jetaient mille feux, comme des diamants.

— Tu voulais me parler? laissa-t-elle tomber en jouant avec le filet à cheveux qu'elle avait retiré quelques secondes plus tôt.

— Oui. J'ai quelque chose d'important à te dire. Ça va paraître niaiseux, mais y faut que ça sorte. J'l'ai dit à personne, mais j'écris... Enfin, j'essaie d'écrire un livre. J'ai eu une bonne idée en voyant un film sur... entécas, c'est un détail. Le problème, c'est que j'étais pas capable de sortir mes idées. J'avais tout essayé. Écrire le jour, écrire la nuit, écrire chaud, écrire *vegge*, y'avait rien qui marchait. Sauf qu'hier, pendant que je bûchais devant ma feuille blanche, j'me suis mis à penser à toi. Pis là, j'ai écrit pendant deux heures sans m'arrêter. Je me suis souvenu que depuis le jour où je t'ai rencontrée, j'ai réussi à te faire rire qu'une seule fois. Le plus drôle c'est que je me rappelle même plus pourquoi ni comment j'avais réussi, mais je me souviens claire-ment que t'avoir fait rire avait été le plus beau moment de ma journée. Ton rire, c'est de la musique qui rend heureux. Bref, ce que j'essaie de te dire depuis tantôt, un peu maladroitement, sans doute, c'est que... que... je t'aime, Marie-Ève.

J'avais tout débité d'une traite, sans respirer, presque, et je m'arrêtai. Marie-Ève me dévisageait de ses beaux yeux clairs remplis d'incrédulité, la bouche ouverte, mais muette. Elle inspira profon-dément en redressant son corps comme si elle s'apprêtait à répondre. Brusquement pris de pani-que, j'enchaînai avec le reste de ma proposition.

— Dis rien pour l'instant, s'il te plaît. Y me reste une chose à ajouter. Je te demande pas de me répon-dre. D'ailleurs, juste à voir ton regard, je sais à quoi m'en tenir et je comprends. Je sais aussi qu'on pour-ra probablement plus être amis, pis ça m'attriste. Mais je pouvais pas rester là à te regarder, à être avec toi sans te l'avouer. Peut-être que c'est la dernière fois qu'on se voit, comme les amis qu'on était, j'veux dire, alors je tiens à te dire que je te trouve fantastique. Tu vas rendre quelqu'un ben heureux un jour, je le sais. Inquiète-toi surtout pas pour moi. Je suis pas venu ici en pensant que tu m'aimais, même si ça, ce serait la plus belle chose qui puisse m'arriver. J'ai jamais été bon à tirer des leçons de la vie, mais y'en a une que j'ai catchée, pis chus fier en estie de l'avoir comprise. Le plus beau sentiment, la sensation la plus forte qu'on peut ressentir, c'est pas d'être aimé, c'est d'aimer. Parce que y'a rien au monde qui peut empêcher l'amour. Ça, ça t'illumine pour toute une vie.

Mon amie avait refermé la bouche, se contentant de froncer les sourcils. Ses yeux, maintenant gonflés d'eau, me renvoyaient la lumière du soleil.

— Je m'excuse si je t'ai prise au dépourvu. Je vois que mes paroles t'ont déroutée. C'était pas mon but, je suis désolé. Je crois que je ferais mieux de partir.

J'avais le vertige, ébranlé par la surdose d'adrénaline que ma hardiesse avait provoquée en moi. Mon cœur palpitait, mes mains étaient moites.

— Bon ben, bye, Marie, dis-je à regret, en me levant.

— Une pomme.

— Quoi?

Je restais debout devant elle, interloqué et les yeux éblouis de soleil.

— La fois où tu m'as fait rire, c'était un midi

quand Gabriel arrêtait pas de chanter le même passage de la même maudite toune de *rap* pis que, pour le faire taire, tu lui avais écrasé une pomme de mon lunch sur le front.

—Ah! oui, je m'souviens. Pis quand y'avait voulu se venger, y'avait envoyé son pouding sur le surveillant.

Nous nous mîmes à rire et j'en profitai pour me rasseoir. Elle redevint sérieuse, comme si un nuage avait soudain masqué le soleil, et me fixa curieusement.

—J'pensais pas que tu t'en souvenais, Marie, dis-je tout bas.

—T'es pas le seul qui a compris quelque chose ce jour-là.

Après un silence que je respectai, elle me prit la main. J'en eus des frissons merveilleux.

—François, la dernière fois que j'ai aimé quelqu'un, j'suis tombée de ben haut. J'suis pas faite comme toi, moi, j'ai aussi besoin d'être aimée. Tu le sais que mon dernier *chum* m'a vraiment maltraitée. J'suis pas encore remise de ses jeux psychologiques. J'ai des marques, pis elles font mal.

—J'peux compter mes qualités sur les doigts d'une main, dis-je en caressant ses cheveux, mais je suis patient. Avec le temps, tu vas reprendre confiance.

—Oui... le temps.

Elle avait murmuré ces mots avec douceur,

comme si elle se permettait d'y croire.

— Écoute, François, dit-elle en appuyant sa tête sur mon épaule, tu sais que j'ai confiance en toi, mais j'ai besoin de temps pour guérir.

— Je comprends ça. Quoi qu'il arrive, je ne te brusquerai pas, et je ne permettrai pas que quelqu'un te fasse du mal.

Elle redressa la tête et me regarda longuement, émue et incrédule à la fois. Nous demeurâmes silencieux, le regard rivé l'un sur l'autre, pendant que la brise caressait nos visages. Puis, d'un commun accord, nous nous embrassâmes tendrement. Le poids de mes peurs disparut d'un coup et je me sentis léger et libre. Nous nous enlaçâmes et, dans cette étreinte, nous commençâmes à guérir tous les deux de ce que nous avions souffert depuis presque un an. Je sentis enfin qu'il était temps que je lui rende son espace et ses pensées.

— À bientôt, Marie, murmurai-je.

J'étais heureux, véritablement heureux.

Le lendemain, dernier lundi d'école secondaire, c'est le cœur léger que tous deux nous retournâmes au Collège, sans souffler mot de notre conversation à qui que ce soit.

J'avais besoin de terminer ce que j'avais commencé, de conclure ces cinq années de vie décousue et vécue en promiscuité. Je débutai ma tournée par Annabelle qui discutait avec Christine près des fontaines extérieures.

—Je peux-tu te voler Annabelle deux minutes? suppliai-je d'une voix de fausset.

—O.K., mais deux minutes seulement, me répliqua-t-elle sur le même ton, en rigolant.

J'entraînai Annabelle qui affichait une mine surprise, et l'invitai à s'asseoir sur le gazon avec moi.

—Annabelle, j'ai réalisé ben des choses depuis quelques mois. On n'a jamais été particulièrement proches toi pis moi, c'est plate, mais c'est comme ça. Mais les moments que j'ai passés avec toi, je suis content de les avoir vécus. T'es une bonne amie. J'te regarde avec Marie-Ève et Christine, t'es vraiment une très bonne amie. J'voulais te le dire avant qu'on s'en aille chacun de notre bord. Je vais toujours me rappeler de toi comme d'une personne au grand cœur et fonceuse. T'as plus de *guts* que nous tous réunis.

Elle reçut mes paroles comme si je lui avais fait un cadeau. Son visage rayonnait de bonheur.

—Merci, François. Moi aussi, j't'aime bien. On s'est peut-être jamais parlé beaucoup, mais on a eu de beaux moments. Nos *partys*, nos dîners légendaires, nos bonnes blagues... moi aussi, je garderai un beau souvenir de toi, en espérant qu'on se revoie.

Nous nous enlaçâmes avec la même tendresse

que cette fameuse nuit sur le quai, devant le lac.

—Qu'est-ce que tu vas faire maintenant, Annabelle, je veux dire après la fin des classes?

—Ah, ce que je vais faire? Bien, je pense que j'vais aller faire un tour à la campagne. J'ai des choses à régler là-bas.

—C't'une bonne affaire.

—Oui, t'as bien raison. Salut, François. Christine m'attend pis a pogne vite les nerfs, comme tu sais!

Elle partit retrouver sa copine au pas de course en riant. J'aperçus alors Gabriel qui déambulait seul sur le terrain de football et je l'interpellai.

—Hey, Gab. Ça va?

—*Ya man, cool.* J'prends ça *relax* avant l'examen de maths.

—Ouais, faut savourer. Mais je suis sûr que tu vas bien t'en sortir.

—J'espère aussi parce que j'voudrais pas recommencer. Genre, ben plate icitte pis j'm'emmerde. Style de prison en plein air.

—Malgré tout, on va s'ennuyer les uns des autres, et même du Collège!

—Mais on va se revoir, c't'été, pis on va en fumer une *shot*!

Je n'eus rien à répondre à cela. Ce boute-en-train marginal allait me manquer. Son insouciance avait quelque chose de sécurisant. Il ne s'en faisait pas avec la vie.

—Tu vas faire quoi, après le Collège? Le sais-tu?

demandai-je.

—Non, j'sais pas encore, *man*. J'vas genre me trouver une belle *job* qui paye gros, m'a faire de Gilbert mon vice-président, style. Pis là, on va profiter de la vie. Oui, j'ai vraiment hâte de sortir d'ici.

Il fixait le ciel comme s'il pouvait voir se dessiner dans les nuages la vision qu'il venait d'avoir, sans se rendre compte de l'énorme naïveté qu'elle exprimait. Une nouvelle bouffée de nostalgie me gagna. En hommage à Carl, je décidai de la partager avec Gabriel.

—Moi, en tout cas, la vie au Collège va me manquer. T'sais, les longues journées qu'on a passées à jaser pis à rire. On se souciait pas de ce qui allait arriver plus tard. On était juste heureux à notre manière. Te souviens-tu du dîner où on a joué à imiter les profs? C'est Carl qui nous avait fait rire le plus. Y les avait tous. Toute la gagne, même madame Lapointe. Maudit qu'on avait eu du *fun* c'te fois-là. C'est de même que j'vais me souvenir de...

—François, arrête s'il te plaît. J'ai vraiment pas le goût d'en parler. O.K.? Vraiment pas le goût.

Il avait prononcé cette phrase d'une voix si étrange que je m'étais presque étranglé sur mes paroles. Le visage embrumé, il partit sans même me regarder.

Et en l'observant s'éloigner, je le vis soudain sous son vrai jour. Derrière son masque d'adolescent blasé et d'amuseur se cachait une personne fragile et timorée. Malgré tout ce temps à le côtoyer, nous n'avions jamais compris qui il était. Préoccupés de nous-mêmes, nous étions restés aveugles à beaucoup de choses. Avant d'entrer dans l'édifice, Gabriel m'envoya timidement la main.

Je le saluai à mon tour et me dirigeai vers le sous-sol de l'école, encore perplexe, dans l'intention de m'asseoir à une table et de goûter à la fraîcheur et au calme des lieux, pendant que la majorité des élèves profitaient du beau temps.

Yannick Cardinal discutait bruyamment, comme un paon, près des casiers avec un ami. À force de le regarder, je me dis qu'il n'était pas si antipathique que ça; il avait même des allures de comique. Soudain, il aperçut, comme moi, Philippe qui se rendait à l'extérieur. Les yeux de Yannick s'allumèrent et il se lança à l'attaque.

—Hey, si c'est pas la grande moumoune rasée! L'hostie d'amorphe. Envoye, terrorise-moé. T'es même pus capable de faire peur à personne. C'est quoi le problème? Y'est triste depuis que y'a perdu son p'tit ami? M'a te dire une affaire, mon Phil, ton Carl, là, ben c'était rien qu'une moumoune lui avec.

Cette fois, Yannick avait dépassé les bornes. En moins de deux, Philippe fut emporté par un raz-de-marée qu'on n'avait pas vu depuis longtemps. Son visage s'était métamorphosé sous l'effet de la colère; il empoigna Yannick à la gorge, l'arracha de terre et l'écrasa violemment contre une case qui résonna dans un vacarme métallique à glacer le sang. Yannick virait à l'écarlate, battant des pieds tout en tentant de défaire les mains de son ravisseur. Je courus stopper Philippe avant qu'il ne commette l'irréparable.

—Ça va, Phil, lâche-le! dis-je avec une force calme, tout en posant une main sur son épaule.

Le colosse laissa tomber Yannick comme un fétu et se retourna vers moi. Il avait l'air de souffrir terriblement et sa fragilité me troubla.

Yannick s'était relevé, le souffle rauque et l'injure cinglante. Comme s'il n'avait pas encore eu sa leçon, il chargea de nouveau. D'une seule main, Philippe l'arrêta et le projeta avec vigueur contre les casiers. Exaspéré, j'empoignai alors Yannick par le bras et profitai du fait qu'il était encore secoué pour le tirer sans ménagement jusqu'à la table où j'étais assis quelques instants auparavant.

—Assis-toé là! lui criai-je, ferme ta grand yeule pis ouvre tes oreilles!

Malgré son air frondeur, il resta assis, par curiosité peut-être, mais aussi pour reprendre haleine. Philippe s'était assis à une autre table et recouvrait ses esprits. Quelque chose me disait qu'il avait été à deux doigts de perdre complètement les pédales.

—T'es chanceux en maudit que Philippe ait pas décidé de t'arracher la tête et le peu de jugeote qui se cache dedans. L'année passée, non seulement j'aurais laissé Phil te casser la yeule, mais une fois qu'y'aurait eu fini, j't'aurais ramassé pis j'aurais continué la *job*. Sauf que Phil et moi, on a compris quelque chose, pis j'pense que c'est le temps que tu le comprennes aussi. Y'a un an, j'étais pareil comme toi. Indifférent à tout, pis arrogant. Le secondaire, c'tait juste une course qu'y fallait finir au plus sacrant. Pas le temps de réaliser qu'on pourrait vraiment s'intéresser à quelque chose pour le plaisir, être heureux. Nonon. Y fallait que ça finisse, pis comme on dormait, ben on tapochait du monde pour s'assurer qu'on était encore vivant. Mais la mort de Carl m'a fait comprendre une chose. J'allais pas juste laisser mon secondaire défiler de même, mais toute ma vie. Faque, là, j'ai allumé, pis j'ai décidé d'en profiter au maximum. Profiter de la vie pis du contact des autres. J'ai p't'être perdu ben du temps, mais j'me suis réveillé. Pis quand on est réveillé, c'est fou comment on peut s'intéresser à plein de choses. J'écris même un livre. Y'a une fille que j'aime pis je lui ai dit. Je règle mes comptes aussi. Pis je suis reconnaissant à Carl de m'avoir ouvert les yeux. Toé, t'es chanceux. Y te reste encore une année icitte. Moi, j'suis sur le point d'la finir, ma course de cinq ans, pis je donnerais tout pour la recommencer. Peut-être que c'est pas pareil pour toi. Peut-être que toi t'as rien à donner ni à recevoir de personne. Mais je pense que tu devrais te la poser la question au lieu de perdre ton temps à essayer de blesser le monde. J'pense que tu devrais te r'garder ben comme faut pis te demander pourquoi t'agis de même.

Il me toisa d'un regard méprisant, soupira à grand bruit et commença à se relever. Je le rassis aussitôt, résolu que j'étais à aller jusqu'au bout. Le fait qu'il se plie à ma volonté me surprit, mais j'en tirai une dose de confiance.

— T'as la chance d'avoir des amis, tu devrais en être digne pis pas les tenir pour acquis, parce que quand tu les perds, laisse-moi te dire que ça fesse. Ça fesse dur. Pis tu fais semblant que tu veux pas être icitte, mais dans l'fond, si t'es comme moi, t'aimes l'atmosphère à cause des amis. Moi j'vais leur dire à mes amis que j'les aime, j'vas faire la paix avec mes démons, pis quand j'vais partir d'ici, j'aurai moins peur de ce qui m'attend parce que je sais que j'aurai encore mes amis. Pis j'veux qu'ils sachent qu'ils peuvent aussi compter sur moi. Ça se peut que tu te crisses complètement de ce que j'te dis, mais à ta place, j'me poserais des questions. Commence par arrêter d'avoir peur, pis tu vas arrêter de vouloir faire peur aux autres.

Je m'arrêtai, parce que son expression avait changé. Une parole ou une pensée l'avait atteint et son arrogance l'avait quitté.

— Va-t'en, lui dis-je presque dans un murmure.

Je le regardai s'éloigner, étonné qu'il était que j'aie mis mon cœur à nu sans honte. On aurait dit qu'en cet instant, j'avais fait mon sermon non pas au bénéfice de Yannick Cardinal, mais au mien. Mon discours m'avait tellement absorbé que j'en avais oublié la présence de Philippe. Je le cherchai des yeux et le vit me sourire. Il me sembla qu'il souriait pour la première fois depuis novembre.

—Carl aurait été fier de toi, me dit-il doucement.

Il me serra la main, me donna une accolade et se dirigea vers la sortie d'un pas léger. Je m'apprêtais à faire de même lorsque Anne Dubois signala sa présence.

—Vous étiez là depuis longtemps?

—Assez longtemps pour voir que tu as sorti Philippe de sa torpeur, dit-elle en me faisant signe de m'asseoir à côté d'elle. Reste à souhaiter que Yannick a compris. François, ça fait cinq ans que je t'observe. J'ai l'air d'être ta tante quand je dis ça, ajouta-t-elle avec un clin d'œil, mais je t'ai vu grandir, physiquement et moralement, et je suis contente de ce qui t'arrive.

—Merci beaucoup, Madame. En parlant de ce qui arrive, j'peux-tu vous poser une question?

— Oui, bien sûr.

— Vous et Jocelyn Monette, c'est sérieux?

—T'as remarqué ça, toi? me dit-elle, sur un ton amusé. Oui, c'est sérieux. Jocelyn, c'est mon âme sœur. Quand je suis avec lui, j'ai plus peur de rien. Sa présence, c'est mon cadeau à moi. Y'est intelligent, ouvert, réveillé, y'a pas peur de s'exprimer, pis y'a un beau derrière!

J'éclatai de rire à cette dernière remarque qu'elle avait formulée à la manière des filles de l'école. Je me sentis rassuré pour mon ami Jocelyn.

—Tu comprends c'est quoi aimer quelqu'un, n'est-ce pas?

—Oui, répondis-je, maintenant je le sais.

—Quel bonheur! Maintenant, va donc voir Jocelyn. Je sais qu'il voudrait te parler.

Comme il ne restait que douze minutes avant la reprise des classes, je la quittai au pas de course et gravis en trombe les escaliers. Je trouvai Jocelyn affairé à ranger ses effets personnels dans des boîtes de carton. En m'apercevant, il enleva ses lunettes et vint à ma rencontre.

—François! Merci d'être venu, dit-il en me serrant la main.

—Tu t'en vas-tu aujourd'hui?

—Oui. Je dois partir avant les examens de demain. Comme ça, les élèves viendront pas relaxer dans mon bureau, ricana-t-il. Mais je voulais te dire au revoir avant.

—Ouais, ben... j'suis pas ben bon avec les séparations, dis-je, mal à l'aise, mais je te dois un gros merci pour tout ce que tu as fait.

— C'est jamais à sens unique. J'ai été honoré de ta confiance. Pis oublie pas de transmettre mes salutations à Marie-Ève.

— Justement, pour Marie-Ève...

J'hésitais à révéler mon secret, mais c'était tellement un gros bonheur à porter tout seul que je sentais l'envie de le partager avec lui. Il attendait que je continue, un sourcil en l'air comme s'il se doutait de la suite.

— J'aime Marie-Ève et je lui ai dit.

—Ben, François, c'est *too much*! Y en a qui disent que quand le cœur se remplit, la tête se vide, mais j'pense que ce qu'on a dans l'cœur est pas mal plus beau. Ça fait que laisse ton cœur parler. Voilà, c'était ma grande pensée philosophique de la journée.

—Jocelyn, j'voulais aussi te dire que, après la mort de Carl, j'ai beaucoup apprécié ton aide. Les règlements scolaires m'empêchent peut-être de t'appeler «ami», mais au diable le protocole. Salut, mon *chum*.

—Salut, mon ami. Oublie pas que t'as mon adresse électronique.

Nous nous étreignîmes sans honte et ce contact chaleureux mit un bouchon sur mon débordement de tristesse.

—Et tu sais, je comprends un peu ce que tu as vécu après le suicide de Carl. Si le fait de t'écouter et de te parler a pu t'aider, j'en suis heureux. J'aurais bien voulu que quelqu'un m'écoute aussi quand ça m'est arrivé.

Je restai bouche bée devant l'ampleur de sa révélation.

—Comment ça? Tu as déjà vécu ça?

—Mon meilleur *chum* au cégep s'est enlevé la vie, un 16 février. Il s'appelait Simon. Ça m'a déconcrissé pendant longtemps, ça m'a fait grandir aussi. C'est à cause de ça que j'ai étudié en psychologie. Allez, me dit-il en me tapant sur l'épaule après un silence, assez de nostalgie, un bel avenir nous attend. Bonne route, François.

Nous échangeâmes une dernière poignée de main, l'âme remplie d'émotion, et je retournai en classe au son du carillon.

Je repensai avec bonheur aux échanges que j'avais eus avec lui. Il m'avait prouvé qu'une relation professeur-élève pouvait être beaucoup plus signifiante que ce que les stéréotypes proposaient. Je repensai également à Anne Dubois qui, sous ses airs faussement distants, se souciait du bien-être des élèves du Collège. C'était fou comment les gens que j'avais pris le temps de connaître un peu mieux m'avaient aidé à éviter le naufrage.

Mes pas me conduisirent devant l'une des fenêtres de la classe et je pris quelques secondes pour contempler le ciel, dans le brouhaha de la ruche. L'azur parfait s'étendait jusqu'à l'horizon et je me sentais en équilibre.

Chapitre 6 : C'est vrai que c'est beau

La dernière journée de cours puis le dernier cours arrivèrent, et l'ironie du sort nous réserva un cours d'anglais.

Un sentiment d'écrasement planait. La chaleur, l'épuisement, l'écœurement avaient fait leur œuvre et plus personne n'avait l'énergie de déranger. Philippe rêvait, les yeux dans son coffre à crayons. Annabelle regardait dehors en hochant la tête sur une musique intérieure. Marc-André se tenait droit sur sa chaise, les bras croisés, vigilant à ce qu'allait dire Pierre Rajotte. Gab roulait un joint imaginaire et Marie-Ève jouait avec ses cheveux. Lorsque nos regards se croisèrent, elle me sourit tendrement. Comme j'étais content de l'aimer.

— * *Wake up, people! This is not only the end of the year but the end of your high school years. Since I'm a man of the people, I will say a personal word to each of you, as a goodbye present. Let's start with you, Max! Max, you're a good guy, but you're lazy. I mean come on! You ended up with fifty-nine percent. I could have rounded it up to sixty, but I really think you need summer classes. Besides, it's gonna keep you from smoking pot, right? I know that's the only thing you're good at, but still... Am I right people? Now, what about my good friend Mary-Eve?*

Mon cœur fit trois tours ! S'il s'aventurait à la blesser, je lui balançais mon bureau par la tête.

— ** Mary... You're a nice girl and a diligent student, but you might want to consider putting on a little makeup before coming to school every morning.

Je me levai brusquement, faisant crier ma chaise sur le plancher en signe de protestation. Tout le monde se mit à murmurer. Pierre Rajotte se retourna, surpris. Tandis que je m'apprêtais à l'engueuler, une voix provenant du fond de la classe m'empêcha de mettre mon projet à exécution.

— Toi, Pierre, tu devrais faire attention à ce que tu dis.

La classe entière se tourna vers le kamikaze qui avait proféré cette menace, mais je ne pus m'empêcher, en me rassoyant, de sourire et de saluer l'audace de Marc-André qui se tenait fièrement debout, les poings serrés sur son bureau, défiant Pierre Rajotte du regard. L'insulté, visiblement

---

* Réveillez-vous, tout le monde! On arrive à la fin de l'année, et à la fin de votre secondaire. Comme j'ai toujours été proche de mes élèves, je vais offrir à chacun de vous un mot personnel, un cadeau de séparation. Commençons avec Max... Tu es un gentil garçon, Max, mais trop paresseux. Tu termines avec cinquante-neuf pour cent. J'aurais pu te donner la note de passage, mais je crois que les cours d'été te feront du bien. Ce sera toujours quelques heures où tu ne fumeras pas de pot. D'ailleurs, tu es déjà un as dans cette matière, pas vrai tout le monde? Au tour de Marie-Ève...

** Marie... tu es une fille charmante et une élève appliquée, mais tu devrais songer à te maquiller un peu avant de te présenter à l'école.

abasourdi par la remarque, réussit tout de même à conserver son calme.

— *What did you say, Mark?*

— J'ai dit que tu devrais peut-être te la fermer.

— *You're in an English class, Mark. My class.*

—J'm'en crisse. Ce que j'ai à te dire, j'aime mieux te le dire en français pour que tout le monde en profite.

—*And what exactly is it you wish to say?*

—Tout ce que j'ai à te dire, c'est *fuck you*. Chus tanné de t'entendre débiter tes conneries en avant. Tu penses que t'es meilleur que nous parce que tu peux nous insulter sans qu'on riposte? Ben j'ai des p'tites nouvelles pour toi: t'es l'être le plus affreux que j'ai jamais vu. Je suis sûr que t'as de la bonté en toi, mais elle est enterrée tellement creux que même toi, t'es pus capable de la voir. Tu passes tes cours en avant, enfermé dans tes préjugés pis dans tes remarques dégradantes et sexistes, à fouiller nos vies privées simplement pour pouvoir rire davantage de nous autres. C'est pas ça qu'un prof est supposé faire. Un prof, c'est supposé être un exemple. Quelqu'un qui te donne le goût d'apprendre. Ça fait cinq ans que je t'écoute sortir tes idées pis tes opinions, pis les quatre premières, ça me dérangeait pas trop. Même que y'a des fois où je prenais parti pour toi. Sauf que cette année, je me suis rendu compte à quel point t'es un écœurant. Cette année, j'pense que tu mérites bien un p'tit *speech. It's my goodbye gift to you.*

— *You little son of a...*

— Envoye, fais un homme de toi pis finis-la, ta phrase. Le Pierre de ton nom fait bien allusion à ce que t'as à la place du cœur. En tout cas, pour en revenir à tes insultes, c'est pus rien que des mots. Venant de toi, y peuvent rien me faire.

— *Get out of my class immediately!*

—Ta classe? C'est pas ta classe ici, c'est notre classe, là où on avait le droit d'apprendre quelque chose. Mais t'as raison, j'vas m'en aller. J'vas être mieux ailleurs qu'icitte à écouter tes conneries.

Rajotte bouillait de colère, sidéré d'avoir entendu de telles paroles sortir de la bouche d'un élève qui n'avait jamais contesté ses méthodes. Il cherchait peut-être sa réplique, mais l'effort le faisait grimacer de haine. Marc-André passa la porte et se retourna pour planter le dernier clou.

—Une autre chose, Pierre. Tu t'es fourré sur toute la ligne. T'as jamais gagné. Jamais. Toutes les fois où tu nous as plantés au bras de fer, toutes les fois où tu nous as bouchés avec tes questions, c'est pas toi qui as gagné, c'est nous autres, parce qu'on sait exactement qu'on veut jamais devenir comme toi.

Sur ce, il disparut dans le corridor. Un silence encombrant envahit la classe, mais je pouvais distinguer les sourires à peine dissimulés sur les visages. Pierre Rajotte était furibond, le sang lui avait empourpré le visage. Il avait l'air d'un animal blessé, prêt à attaquer. Un sourire ironique se dessina sur sa bouche de vipère.

— *Hey, Frank! What's wrong with your friend Mark? Has he lost his marbles?*

À ce moment, je sus que je tenais son acte de contrition dans mes mains. Il avait décidé de m'utiliser comme bouée de sauvetage, comme témoin à son procès. Mais je n'allais pas le laisser faire. Marc-André m'avait mis le fusil dans les mains, je n'avais qu'à appuyer sur la gâchette. Je sus que je devais le faire pour moi, pour Marie-Ève, pour Marc-André, pour Max, pour Jocelyn, pour tous ceux qui croyaient en moi. Je me levai à mon tour.

— Il est pas fou, dis-je, il s'est réveillé.

Je me retournai vers Marie-Ève et l'invitai du regard. Elle mit sa confiance en moi, se leva et vint me prendre la main. Avant de quitter la classe, je me penchai sur un bureau, me mis en position de bras de fer et abaissai mon bras bruyamment, comme si je l'avais battu.

— *I win!* clamai-je fièrement.

Sur ce, Marie-Ève et moi quittâmes la classe. Du corridor, j'entendis une série de « *I win* » et je vis avec plaisir d'autres élèves sortir de la classe, dont Annabelle, Philippe et Max.

À vrai dire, je ne savais pas combien d'élèves avaient décidé de nous suivre et cela importait peu. Tout ce que je savais, c'est que j'avais été authentique et que j'avais honoré mes principes, et j'en étais reconnaissant à Marc-André.

Marie-Ève me tenait fermement la main et, à travers la confiance qu'elle me témoignait, je sentis ma propre force. Nous venions de sortir de l'école et le soleil nous aveugla, ce qui nous fit rire de bon cœur. Nous avions le goût de rire, sans nous soucier de ce qui arriverait. Nous avions juste le goût du présent.

Je l'embrassai doucement et le temps s'arrêta.

—Je t'aime, Marie-Ève, murmurai-je à son oreille.

—Moi aussi, François, je t'aime. Ça fait longtemps que je t'aime. J'ai peut-être besoin de temps pour guérir, pour retrouver confiance, mais ce temps-là, je veux le passer avec toi.

Nous nous dirigeâmes vers notre table, là où nous avions tous convenu de nous dire au revoir. En chemin, j'aperçus Marc-André qui était assis, seul, sur le banc qui nous avait servi de poste d'observation pendant cinq ans.

—Tu viens? me demanda Marie-Ève en me voyant hésiter.

—Donne-moi quelques minutes, je vais vous rejoindre après avoir parlé à Marc-André.

Il paraissait heureux et serein juste à contempler l'horizon.

—Hey, bravo, Marc, c'était génial!

—De rien. Fallait bien que quelqu'un lui dise un jour.

—Quessé que tu vas faire maintenant?

—Je sais pas trop. J'm'en sacre pas mal. J'pense que j'vais réussir à me faire pardonner.

—Peut-être même que Rajotte ne dira rien à la direction, dis-je pour le rassurer. Sinon, il pourrait avoir à en expliquer davantage qu'il ne le voudrait.

—T'as peut-être raison. Mais de toute façon, j'ai pus peur. Pus peur pantoute, dit-il en me regardant droit dans les yeux, parce que je sais enfin que je suis capable de me respecter. Dis donc, tu m'avais pas dit pour toi pis Marie-Ève. J'suis vraiment content pour vous deux, vous avez l'air tellement faits pour vous entendre. Profite de ton bonheur, François.

—Tu savais? Comment? Ah, c'est vrai que t'es mon meilleur ami et que t'en connais un bout ou deux sur moi.

Mes yeux s'embuèrent et je pense que ceux de mon ami aussi quand je posai ma main sur son épaule.

—*Wow*, j'vais quand même pas me mettre à pleurer, dis-je. On va se voir en masse. J'ai toujours su que je pouvais compter sur toi, t'es comme un frère, plus même. Une chance que t'es là. Douze ans, Marc, ça fait douze ans qu'on se connaît.

—Ouais, nous autres, c'est à la vie à la mort. Mais qu'est-ce que tu penses qu'y va arriver au reste du groupe?

—Je l'sais pas trop. Annabelle a vraiment l'air plus heureuse qu'avant. Elle est supposée aller passer du temps en campagne avec Thomas. Phil, ben j'suis pas sûr, mais je crois qu'il a commencé à se déculpabiliser pis qu'il va mieux. Y va trouver sa voie. Pis Gab, ben... des fois, y'en a qui savent se lever de bonne heure, pis y'en a qui préfèrent dormir parce que c'est moins épeurant comme ça.

—C'est drôle, mais j'ai compris ce que t'as dit.

—Ouais? Moi aussi, je comprends enfin des tas d'affaires. Pis je remercie Carl pour ça.

Il passa un bras autour de mes épaules. Une larme scintilla dans ses yeux.

—Merci à toi, François, me dit-il après un court silence. Ma vie serait pas aussi l'*fun* sans toi. Pis j'voulais te demander, parce que ça fait longtemps que j'y pense, as-tu compris pourquoi Carl s'est suicidé?

—J'crois que oui. J'pense que Carl y s'est réveillé plus tard qu'il l'aurait voulu pis qu'y se l'est pas pardonné. C'est vraiment dommage, parce qu'au fond, y'est jamais trop tard. Y m'avait même écrit une lettre que j'ai reçue il y a quelques jours. Y m'a laissé une lettre pour qu'on n'oublie jamais.

Marc-André parut réfléchir à cette révélation.

—Une lettre? répéta-t-il. Mais est-ce qu'il t'a dit qu'est-ce qui était si beau?

—Non, ça j'suis toujours pas sûr de c'qui voulait dire, répondis-je modestement.

Je contemplai un instant la façade du Collège, le jeu du soleil dans ses fenêtres, les élèves qui entraient et sortaient de la fourmilière. Je vis Annabelle et Christine rire à gorge déployée en s'appuyant l'une sur l'autre, mon amie Angie et Mathieu, son nouveau copain, s'embrasser tendrement, un groupe d'élèves jouer au football avec énergie, Max et Alex se tordre de rire à une probable blague de Gabriel, Marc-André sourire en pensant à une nouvelle liberté de choisir... J'étais là, capable de voir et d'entendre la vie, conscient du monde autour de moi.

—Carl, y'avait raison, Marc-André, c'est vrai que c'est beau. Tellement beau!

Et nous restâmes ainsi, exténués, mais apaisés, affranchis de l'ennui. Le soleil nous réchauffait de ses rayons. Nous étions juste heureux de voir la lumière, comme deux enfants qui viennent enfin de se réveiller.

Une histoire
à suivre...

Y'A AUTRE CHOSE D'IMPORTANT À LIRE. TOURNE LA PAGE.

Avec le bon numéro, la vie peut gagner!

Une personne qui se suicide ne veut pas mourir; elle cherche plutôt à cesser de souffrir. En cela, le suicide n'est pas un geste de courage, mais bien de désespoir.

Si tu as des pensées suicidaires, parles-en à tes proches et à tes amis. Si tu t'inquiètes pour quelqu'un de ton entourage, n'hésite pas à lui confier tes craintes à son sujet. Une chose est sûre: lorsqu'un ami confie son intention de se suicider, il faut toujours agir.

Pour obtenir de l'aide, pour toi ou pour quelqu'un d'autre, n'hésite pas à utiliser ces numéros et adresses.

Un numéro d'intervention partout au Québec, une réponse locale:
1866 APPELLE (277-3553).

Si tu as des questions sur toutes sortes de sujets, visite le site de TÉL-JEUNES: <**www.teljeunes.com**>, et quand ça urge, compose le **1 800 263-2266.**

Suicide Action Montréal: **(514) 723-4000.**

Pour plus d'information, consulte le site de l'Association québécoise de prévention du suicide: <**www.aqps.info**>.

L'expression
de l'amitié

L'histoire de François et de ses amis soulève une question fondamentale : sommes-nous des amis « vrais » ou des amis « faux »? L'amitié n'est pas une simple étiquette. L'amitié exige un passage à l'action. Un ami « vrai » n'a jamais peur d'agir.

Une des causes majeures du suicide chez un jeune adulte est cette vision tronquée de la réalité qui l'amène à conclure que sa vie représente déjà une longue série de pertes et d'échecs, qu'il est un « perdant », qu'il n'y a rien de « beau » dans sa vie et, enfin, qu'il n'a plus rien à espérer de la vie et que jamais les choses ne vont s'améliorer.

Notre rôle à titre d'ami est de prendre les devants, de s'arrêter et d'écouter quand un ami vit des difficultés. Il faut écouter avec compassion, sans juger. Au moindre doute, après avoir écouté, il faut poser les vraies questions, calmement, avec respect. Cela ne lui donnera pas l'idée de se suicider. Penses-tu au suicide? Depuis quand? As-tu décidé comment? As-tu décidé où? As-tu décidé quand?

Au moindre doute, il faut le relier à l'aide professionnelle dont il a besoin. Il faut l'accompagner au besoin. On ne niaise pas avec des idées suicidaires. S'il refuse, il faut aller soi-même chercher de l'information et du soutien pour être en mesure de mieux l'aider. Il ne faut jamais accepter de garder secrète la confidence d'un projet de suicide. On ne reste pas seul avec le poids d'une telle confidence. On peut assurer notre ami de notre soutien et de notre présence même après qu'il ait obtenu de l'aide.

Cette démarche d'ami est à la portée de chacun de nous. Nous n'avons besoin de la permission de personne pour agir en ce sens, car notre décision d'agir dépend uniquement de nous. Rien ne peut nous empêcher d'agir. Il nous suffit de rassembler nos valeurs, nos convictions ainsi que notre grande générosité à titre d'ami et de les exprimer pour prévenir l'irréparable.

Michael Sheehan
Père endeuillé

Achevé d'imprimer
pour Joey Cornu Éditeur
en janvier 2006
sur les presses de l'Imprimerie CRL ltée,
à Mascouche (Québec).